VEREDAS

Wagner Costa

3ª edição
São Paulo
7ª impressão

Ilustrações
BRAZ UZUELLE

1ª edição 1990
2ª edição 2004

COORDENAÇÃO EDITORIAL Maristela Petrili de Almeida Leite
EDIÇÃO DE TEXTO Carolina Leite de Souza
COORDENAÇÃO DE PRODUÇÃO GRÁFICA Dalva Fumiko
COORDENAÇÃO DE REVISÃO Elaine Cristina del Nero
REVISÃO Nair Hitomi Kayo
COORDENAÇÃO DE EDIÇÃO DE ARTE Camila Fiorenza
PROJETO GRÁFICO/CAPA Camila Fiorenza
ILUSTRAÇÃO DE CAPA Gustavo Gus
ILUSTRAÇÕES DE MIOLO Braz Uzuelle
DIAGRAMAÇÃO Cristina Uetake, Vitória Sousa
COORDENAÇÃO DE BUREAU Américo Jesus
PRÉ-IMPRESSÃO Helio P. de Souza Filho, Marcio H. Kamoto
Alexandre Petreca, Everton L. de Oliveira Silva
COORDENAÇÃO DE PRODUÇÃO INDUSTRIAL Wilson Aparecido Troque
IMPRESSÃO E ACABAMENTO PSP Digital
LOTE 288168

Dados Internacionais de Catalogação na Publicação (CIP)
(Câmara Brasileira do Livro, SP, Brasil)

Costa, Wagner
A guerra do tênis nas ondas do rádio / Wagner Costa. — 3ª edição. — São Paulo : Moderna, 2012. — (Coleção veredas)

1. Literatura infantojuvenil I. Título. II. Série.

ISBN 978-85-16-07885-0

12-05478 CDD-028.5

Índices para catálogo sistemático:
1. Literatura infantojuvenil 028.5
1. Literatura juvenil 028.5

EDITORA MODERNA LTDA.
Rua Padre Adelino, 758 - Belenzinho
São Paulo - SP - Brasil - CEP 03303-904
Vendas e Atendimento: Tel. (11) 2790-1300
Fax (11) 2790-1501
www.modernaliteratura.com.br
2020

Para Sidney Martins, engenheiro das dignidades humanas, e João Lueis Guerra, ser humano trilegal.

Pra começo de conversa:

"Ouvido de adolescente não é pinico.
Ei!, abaixa o som ou tira o fone do ouvido, e dá uma atençãozinha básica pra sua mãe, que está tentando se comunicar com você... senão, lá vem ela no último volume: Desliga essa porcaria!"

"O riso é, antes de tudo, a prova brilhante e irresistível de nossa liberdade primeira." (Françoise Sagan)

Reclamam que, em certa fase, adolescente é mal-humorado, reservado, misterioso, reticente... Calma!, recomenda o poeta Mario Quintana, porque "as reticências são os três primeiros passos do pensamento que continua, por conta própria, o seu caminho".

"Quando leio um livro, o que faço é melhor, mais inteligente e mais nobre do que quanto realizaram ao longo do tempo todos os ministros de Estado e todos os reis. Construo, onde eles destroem; reúno, onde eles dispersam; sirvo a Deus, onde eles o negam ou o crucificaram." (Herman Hesse)

Roteiro de reportagem

Gritos e hurras da turma do Colégio Pitom na boca-livre da pizzaria As Aparências Enganam. Macaqueiam para a câmera de tevê. Avisaram em casa: "Mãe, vó, me vê na televisão!".

Luzes, câmera, ação!

Aparecem aos gritos de torcida no telão da pizzaria. Não há som na imagem, e o apresentador encerra:

E o Jornal da TV fica por aqui mostrando a festa dos alunos do Colégio Pitombelo Cruz, o Pitom, campeão da Olimpíada Estudantil.

Parabéns e uma boa noite.

Frustração geral. Alguém comentou:

— Que coisa fria! Não mostraram o calor da nossa emoção...

— É isso aí: o calor da nossa emoção! Pois o velho Michelzinho aqui acaba de ter uma ideia! Só preciso dar um telefonema, me aguardem...

Tio Michel, dono da pizzaria e patrocinador da boca-livre, gesticula um tempão ao telefone, sintoniza uma emissora de rádio no som ambiente, a pizzaria inteira ouve:

Você está no embalo da parada musical da Rádio Brézil FM. Se liga aí na primeiríssima colocada...

Cabelos brancos, calça e jaqueta jeans, tênis de marca, tio Michel sobe na mesa e, com um sorriso pizza gigante, fala:

— Jovens, já que a televisão não mostrou, aguardem pelas ondas do rádio o calor da emoção da nossa festa... Ouçam:

E atenção, ouvinte da Brézil FM, vá tomando fôlego... Vem aí o programa que faz a cabeça e o coração da galera: o incrível "Mister Dream in Concert"!!!, hoje falando da festa dos campeões do Colégio Pitombelo Cruz, o Pitom. Se liga!

Vivas, hurras e palmas da estudantada.

Aloha! Alooooooohaaaaaaaa!!!! Aqui, Mister Dream, o rei da galera, em mais um "Mister Dream in Concert". Você viaja agora comigo numa onda "mutcho loca". Take it easy. E você sabe: Mister Dream falou, tá falado; Mister Dream tocou, é sucesso! Se não deu no programa do Mister Dream é porque não aconteceu, e não está com nada! E, por falar em acontecer, mando, pelas ondas do rádio, um Aloha de luz pra galera do Colégio... colégio... colégio... deixa ver aqui nos meus papéis... Colégio Pirom... Pirombelo, não, Pitombelo... Pitombelo Cruz! Falei. Se liga só nesta música...

— Só isso?! — alguém reclama. — E o cara ainda tropeça no nome do nosso colégio?!

Estou de volta para dizer e "redizer": se o mundo ouvir o que o jovem tem pra falar, a vida vai melhorar! Por isso, galera, a partir de agora, ligue para 171-171-171 e diga, ao vivo e em cores, aqui nas ondas do rádio do Mister Dream, o que você tem pra falar. Tô esperando, e especialmente, esperando telefonemas de uma certa turma que hoje, justamente hoje, é só alegria...

— Alô, AQUI, Mister
Dream, e aí?
— Tio Michel, dono da
PIZZARIA, onde ro-
la a festa...

2. Quer dizer que o senhor é um comerciante chegado na juventude?!

Correram ao telefone, na maior "confa" de "Eu ligo! Não, não, eu ligo!". Paulinho Nada Disso, em pé no balcão, avisa, exibindo o celular:

— Calma, crianças, reles mortais, sosseguem... Eu já estou em contato com a produção do Mister Dream e — esnoba — primeiro, ele entrevista a mim, a única inteligência viva do Pitom, depois, vocês.

Porém, Paulinho perde a pose e cochicha ao tio Michel:

— O Mister Dream não vai falar mais nada da festa nem entrevistar aluno nenhum. Agora, só pagando...

— Ah, é?! Deixa comigo! — diz tio Michel, tomando o celular das mãos do Paulinho e, tapando o bocal: — Fica frio, garoto, vai ter entrevista, sim. Alô, produção, avisa o Mister Dream que eu pago quanto ele pedir. Chama ele.

O aviso deu resultado, pois Mister Dream diz no ar:

Galera, enquanto vocês curtem a próxima música, atendo ao telefonema de um fã que quer porque quer falar comigo... diz que é questão de vida ou morte... Ah!... não é fácil ser ídolo dessa juventude, mas tudo vale a pena quando a alma não é pequena, já disse o poeta. Ah! Até já.

E, ao telefone, fora do ar:

— Alô, aqui, Mister Dream, e aí?

— Tio Michel, dono da pizzaria, onde rola a festa dos jovens do Pitom.

— *Wonderful, my friend!* Quer dizer que o senhor é um comerciante chegado na juventude?! Esperto, hem! Vamos ao negócio: claro que o senhor sabe que tudo tem um preço, ainda mais num programa liderzão como o meu; é o seguinte: escolhe quanto quer gastar, e eu lhe dou o tempo e o espaço de acordo com essa grana. *Business is business, my friend!* Guenta aí, que vou anunciar a próxima música, e a gente negocia fora do ar.

Alguns alunos estão de saída. Paulinho esclarece:

— Nada disso de ir embora! Tivemos "pobremas ténicos" — faz com os dedos o gesto característico de dinheiro — que o velho resolve. *Just a moment...* —, como diria o Mister Dream.

E pelas ondas do rádio:

É isso aí, galera, o que digo, repito, trepito: "Se o mundo ouvir o que o jovem tem pra falar, a vida vai melhorar". E quem vai falar daqui a pouquinho nas ondas do rádio serão as gatinhas e os gatões do glorioso, do queridíssimo, do superdemais Colégio Pitombelo Cruz, Pitombelo Cruz, o campeoníssimo da Olimpíada Estudantil, o Pitooommmmm!!!, pra quem dedico a próxima música...

Tio Michel e Paulinho fazem a roda, e o velho explica:

— Teremos 10 minutos de entrevista ao vivo. Um técnico da rádio está vindo para cá montar a aparelhagem. Precisamos de alguém que faça as entrevistas...

Sem vacilo, todos apontam Rafael, o locutor da "Paulada nos Ouvidos, Besteira na Cuca", a rádio interna do Pitom.

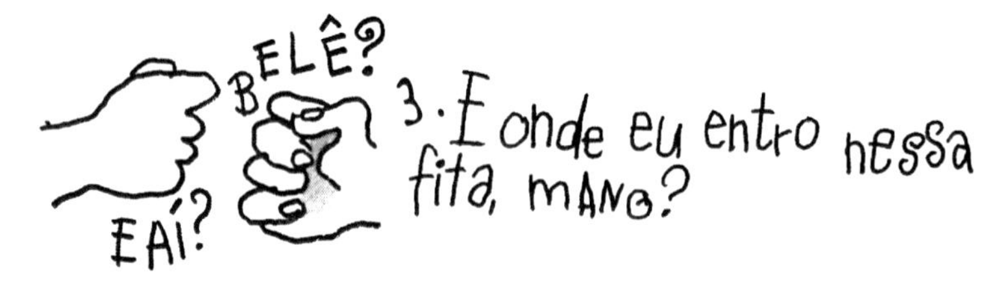
BELÊ?
EAÍ?
3. E onde eu entro nessa fita, mano?

Cido se encontra com o amigo Joãozinho Du Boi, na porta do supermercado.

— Mano, tô indo ver um emprego, Joãozinho!

— A esta hora, onze da noite? É de guarda-noturno?

— Faxineiro de uma pizzaria... uma tal de... sei lá, tem um nome esquisito.

— E onde eu entro nessa fita, mano?

— Me faz companhia pra eu ir conversar com os home...

— Tô contigo, *brother*! Antes, deixo em casa o remédio da minha mãe; comprei com uma grana emprestada até o dia do pagamento. Aí, a gente vai...

4. QUERO OUVI-LO, ANJO PROTETOR DA JUVENTUDE

Johny Black, o JB, técnico de som da rádio, montou no salão da pizzaria a aparelhagem para transmissão. Rafael, de microfone e escuta, está ansioso:

— Nunca falei numa rádio de verdade, seu Johny.

— Fica frio, garoto, seja natural; o resto deixe por conta da magia das ondas do rádio. E atenção, que tá na hora!

Alohaaaaaa, gente! Eu sou um homem feliz, e agradeço a Deus pela graça de poder apresentar no meu programa, agora, ao vivo e em cores, nas ondas do rádio, os meus amigos amados, queridos e admirados do Colégio Pitombelo Cruz, o inigualável Pitom, que, pura e simplesmente, acabam de conquistar o primeiro lugar na Olimpíada Estudantil. Isso sim é juventude ideal: boa de corpo e boa de cuca! Desculpem minha emoção porque vocês sabem e sentem que o jovem, para mim, é vida, esperança, presença de Deus entre nós. Muita gente me diz que eu não passo de um sonhador, de um cavaleiro solitário lutando pela felicidade do jovem, muitos até me aconselham a parar com esta cruzada, mas eu não paro, e sigo em frente, porque ninguém fica sozinho quando age com a força do coração. E querem ouvir uma prova disto? Pois bem: um homem de cabelos brancos, tão sonhador e batalhador quanto eu, e que fez do amor à juventude a causa de sua vida. Agora, por exemplo, ele dá uma festa de presente aos campeões do Pitom numa pizzaria, anote aí: pizzaria As Aparências Enganam, que fica lá na avenida Central, no bairro das Ilusões, aberta 24 horas! O nome desse herói? Aí é que está a grandeza da humildade dos heróis: ele não quer dizer o próprio nome, prefere o anonimato, mas, depois de minha muita pentelhação de insistência, concordou em dizer algumas palavras. Quero ouvi-lo, anjo protetor da juventude.

Tio Michel toma o microfone das mãos de Rafael, sobe numa mesa com surpreendente agilidade e, ofegante, fala como se estivesse num palanque:

Alô, Mister Dream... estou... ofegante de emoção... e só você mesmo, meu solitário companheiro-guerreiro de ideais pela juventude, para me fazer sair do anonimato e flanar pelas ondas do rádio. Eu também agradeço a Deus pelo privilégio de poder abraçar esta juventude tão sadia, hoje representada pelos campeões do Pitom. E diante deles, olhos nos olhos, faço um pedido a toda juventude: respeitem pai, mãe, os mais velhos, os professores, as autoridades, o governo, a Pátria e afastem-se das drogas. Digam não às drogas! — o velho começa a soluçar. — A emoção toma conta de mim, Mister Dream, e as palavras me ficam difíceis. Prefiro que os jovens falem...

Paulinho Nada Disso, ligeiro como ele só, improvisa um refrão, que a turma repete:

Veja só, meu bem / O Pitom é campeão! / E o tio Michel também!

É a conta: o velho emociona-se e é carregado nos braços da turma. Rafael respira fundo e inicia a transmissão:

Oi, Mister Dream, aqui falando Rafael... Blanco (sobrenome artístico que acaba de inventar) na festa do Pitom, para...

Deu certo, certíssimo! Foram mais de dez minutos de entrevistas, quem quis falou, comentou e até mandou abraços para a família.

Então, é isso aí, galera! — Rafael vê JB sinalizando que a transmissão está no fim. — Infelizmente, o que é bom dura pouco (está solto, o danado), mas temos de dar adeus.

Nada disso! Que mané despedida! — Paulinho agarra o microfone e anuncia — Ricardo, o artilheiro do futebol, faz aniversário!

O parabéns invade as ondas do rádio. Paulinho prossegue:

E, agora, num furo de reportagem, o Ricardo vai abrir o presente que ganhou da Cris, a sua doce e bela amada, ó, o amor é lindo!

Abre! Abre! Abre!... Um par de tênis... Calça! Calça! Calça!

Rafael narra:

— Ricardo, parecendo uma miss na passarela, desfila todo fru-fru com seu lindo par de tênis... Falei com a assistência técnica do engenheiro eletrônico João Antonio de Souza, o Johnny Black. Repórter Rafael Blanco. Tchau, Brasil.

— Valeu, galera do Pitom. E eu, Mister Dream, em homenagem aos campeões, faço rolar a música de...

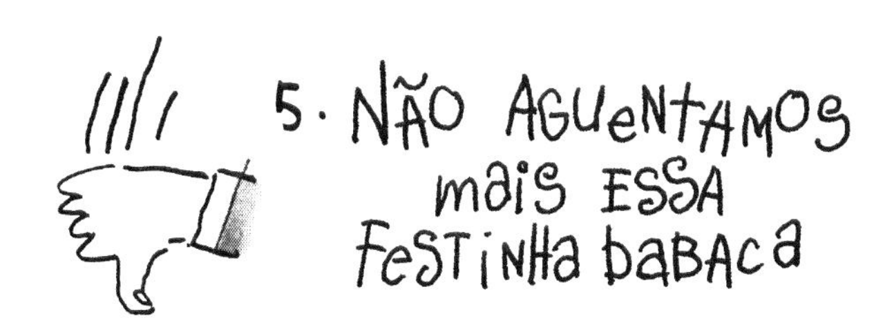
5. NÃO AGUENTAMOS
MAIS ESSA
FESTINHA BABACA

Fim de festa. Hora de ir pra casa. Paulinho inventa mais uma:

— Nada disso de ir embora, cambada, sem um abração na nossa segunda mãe, que é o tio Michel! Todos em fila!

Todos, menos os DDs, irmãos Dudu e Delta, já de saída.

— Ei, *brothers*, onde vão com tanta pressa?! — Paulinho interpela.

Um gesto mal-educado é a resposta dos irmãos. Paulinho dá um salto "à la superman" e estanca na frente dos dois.

— Nada disso! Vocês ficaram numa legal a noite toda. Não vão...

— Nada disso, digo eu, Paulinho — Dudu afasta o amigo. — Não aguentamos mais esta festinha babaca. Desencana, mano! S'embora, Delta! — arrasta a irmã.

A cada abraço, o velho retribuía com um beijo. As peruas da pizzaria entraram no vaivém, levando o pessoal pra casa. Rafael e Maíra, Ricardo e Cris iriam a pé, no namorandinho. Paulinho, sem companhia, lamenta "tragicamente":

— Ó, ninguém me ama, ninguém me quer...

Dois vultos param Ricardo e Cris na esquina. Paulinho, que a tudo vê, da porta da pizzaria, se inquieta, pensando em assalto. Sossega ao ver o casal seguindo adiante. Espera pelos vultos, que dele se aproximam:

— Gente boa, conhece o seu Antonio Augusto da pizzaria?

— Antonio Augus... Nada disso, é o Sereno, o gerente, um grandalhão...

6. Que ganhei da minha amada?

No caminho com Maíra, Rafael fala sem parar que rádio é fascinante, é isso e mais aquilo, e patati, patatá... Caneta por microfone, voz impostada, improvisa:

— Senhoras e senhores, ouvintes de todo o Brasil, aqui é Rafael Blanco, o repórter-cantor, que lhes apresenta, de Alberto Ribeiro, João de Barro, Lamartine Babo e Haroldo Barbosa, a canção *Cantores do rádio*:

Nós somos os cantores do rádio
Levamos a vida a cantar
De noite embalamos o seu sonho
De manhã nós vamos te acordar...

Maíra aplaude. Hora do tchau.

— Tudo bem, mas que tal o meu beijo de boa noite?

— Só se for agora!

Ricardo e Cristina se despedem na porta do prédio. Ele se ajoelha aos pés dela e, exagerando nos gestos, declama:

Ó lua bela e majestosa
Por que me olhas tão encabulada?
Cobiças o tênis
Que ganhei da minha amada?

Segue saltitante pela calçada com seu tênis novo.

7. Alô... Zibadum!

— Dá licença, seu Sere... quer dizer, seu Antonio Augusto...

O homem na escrivaninha, sem erguer os olhos, manda esperar no corredor. Atende a um telefonema, sai da sala com um papel nas mãos e retorna rapidamente. Faz isso muitas vezes, sem ligar para os rapazes à sua espera.

— Quanto pedido de pizza, Cido! Seu emprego tá garantido.

— Podem entrar — o homem avisa da sala.

— Pois é, seu Sere... seu Antonio Augusto... eu sou Cido, e é sobre a vaga de faxineiro...

— Ah, sei... — Mede o rapaz de alto a baixo. — Quantos anos você tem?

— Dezenove.

— Casado?

— Bom... mais ou menos... minha namorada engravidou e eu...

— Tudo bem. Começa amanhã. E você também quer um emprego?

Du Boi esperava por isso.

— Não, senhor. Tô só com o meu amigo. Sou o Joãozinho Du Boi do supermercado. Sabe por que deste nome? É que a freguesa pergunta "que carne é essa?", e eu sapeco com este sorrisão meu: "É du boi, madame!". Aí, pegou; inclusive...

Sereno, que não dava a mínima ao rapaz, atende a mais um chamado do telefone vermelho.

— Alô... Zibadum! Zibadum pra você também... pizza reforçada... endereço... tá... quinze minutos. Zibadum!

Sai e volta com tio Michel.

— Chefe, esse rapaz começa amanhã na faxina da madrugada.

— Muito bem — tio Michel cumprimenta Cido. — Mora onde, rapaz?

— Na favela Filhotes da Miséria.

Os dois se entreolham. Sereno fala:

— Esqueci... a gente contratou outra pessoa esta tarde. Não vai dar.

— É porque moro na favela?

— Claro que não, meu rapaz...

— É sim! Pode falar a verdade...

— A gente é honesto! Eu, Du Boi, me responsabilizo por ele...

Sereno levanta seus quase dois metros de altura ameaçadoramente:

— Fim de papo. É melhor vocês saírem.

— Mas não é justo isso de... — Du Boi tenta argumentar.

O telefone toca. Desta vez, tio Michel atende:

— Alô... Zibadum!... Zibadum pra você também... pizza reforçada... endereço... quinze minutos.

O velho estende duas notas ao Cido.

— O doutor vai desculpando... mas vim aqui procurá emprego, e não esmola.

— E respeito! — Du Boi completa, com o dedo levantado.

Michel faz cara de surpresa, de quem não está acostumado a ser enfrentado.

— Pobres e folgados!... Sereno, cuida deles!

Cido e Du Boi, numa rápida troca de olhar, disparam até a rua.

— Gostei de você, Cidão; cabeça erguida! Tô contigo e não abro. Amanhã, te apresento no supermercado. Te empresto uma camisa e um pisante, que esse seu sapato aí parece jacaré de boca aberta...

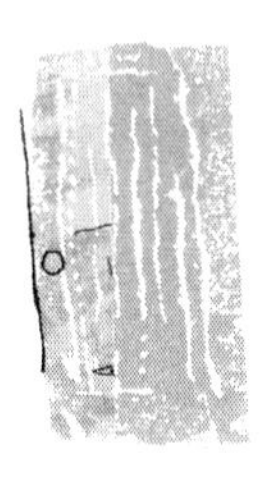

8. Deltinha, você ouviu o que eu ouvi?!

Numa roda de fregueses, de estudantes, entre os quais, Paulinho e Sérgio, presidente do grêmio do Pitom, tio Michel discursa:

— ... (patati, patatá...) essa juventude sadia e maravilhosa! — E ao ver Rafael voltando emenda: — Você esteve brilhante nas ondas do rádio, meu garoto.

Sereno, agitado, diz algo no ouvido de Michel. Correm para fora da pizzaria, seguidos por Paulinho, Rafael e Sérgio. Num corredor escuro avistam dois vultos largados no chão de barriga pra cima.

— Mão pra cabeça! — Sereno aponta a pistola.

Os vultos, que nem se mexem, conversam:

— Ceuzão, lindão da hora, hem, maninha!

— Tô ligada, tô ligada!

Rafael, Sérgio e Paulinho gritam juntos:

— Não atire, seu Sereno! Dudu! Delta!

Dudu reconhece os amigos.

— E aí, brodaiada, pela ordem?!

— Eles não estavam na festa?

— Estavam, tio Michel... São irmãos. Saíram pra...

— Já entendi, já entendi.

Os irmãos não querem se levantar. Tentam erguê-los pelos braços. Eles se agarram a um portão da cerca:

— Esquece a gente, *brother*...

— Tamos numa *nice*.

Sereno diz que vai acabar com aquilo já, já. Sai correndo.

Latidos fortes na escuridão. Três cães enormes, garras e dentes de punhais, surgem do outro lado da cerca. Dudu e Delta erguem-se num salto, são amparados pelos amigos. Tio Michel grita:

— Zibadum, Capeta! Zibadum, Diabo! Zibadum, Satã!

Cessam os latidos infernais, e as feras estancam. Sereno, que vinha atrás dos animais, repete a ordem, e os cães sentam-se, dóceis, sob as patas traseiras.

Os DDs se entreolham com súbita alegria. Dudu, com um sorriso apalermado, fala:

— Deltinha, você ouviu o que eu ouvi?!

— Só, né, Dudu!

— O Maurão Xarope não mentiu: Zibadum é o canal! *Yes*!

Os dois pulam como se comemorassem um gol. O garoto encara o velho:

— Michelzinho, nós também queremos Zibadum, senão...

Pela cara, o velho quer esganar Dudu, porém, controla-se:

— Sereno, cuida dos cães, que eu cuido destes dois...

— Zibadum, deita, Capeta! Zibadum, deita, Diabo! Zibadum, deita, Satã!

— Cadê a Zibadum pra gente, tio? — Delta beija o velho.

Paulinho não se contém:

— Mas que diabo é isso de Zibadum?!

Sereno não vacila:

— Nada! Piração desses dois noinhas...

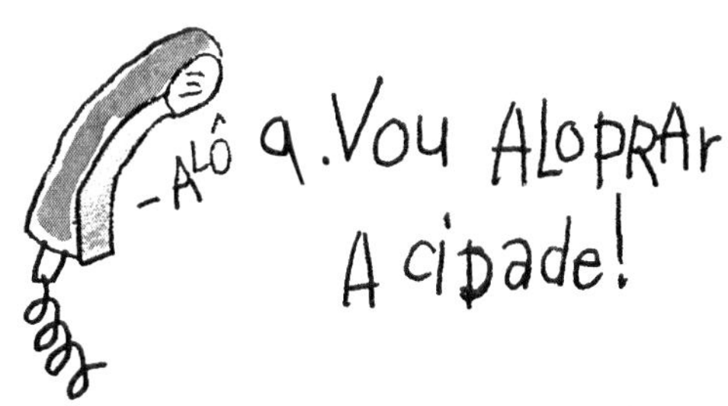

Mister Dream atende ao telefone fora do ar...

— Alô, sim, você tem o prazer de falar comigo, mister Dream... O quê?!... Verdade?! Pô, meu! Isso é notícia quente! Genial! Deixa comigo, vou aloprar a cabeça da moçada! E é pra já! — Corre ao microfone:

Galera, ouvintes. Todo mundo ligadão porque eu, Mister Dream, vou contar com toda emoção um fato triste que acaba de acontecer em algum lugar desta nossa cidade tão violenta. É de arrepiar os cabelos! Aguardem... depois dos comerciais...

— Preciso de uma música de suspense! Vou aloprar a cidade!

Deitadões sobre a mesa do escritório, Dudu e Delta conversam:

— Mó legal!...

— Falôôôôô...

— E, aí, maluco, tem ou não tem Zibadum?

— Sóóóó... o velho foi buscá...

Sereno monta guarda na porta do lado de fora.

Mister Dream põe no ar a Sinfonia nº 5 em dó menor, op. 67, de Beethoven (aquela do tchan-tchan-tchan-tchan, que para ele é música de suspense...) e fala:

Nos becos escuros, nas vielas, atrás dos muros e das árvores, eles se aprontam para o ataque!

Sabem que a cidade dorme, mas sabem, também, que suas vítimas ainda caminham pelas ruas.

Eles, com sede de sangue no coração, ajeitam seus revólveres, facas, porretes...

Eles, vampiros, filhos das trevas e do demônio, ocultam-se nas sombras...

Quem são estes monstros?

Seres humanos? Não, não e não! Não podem ser chamados de gente!

Agora, neste momento, eles podem estar próximos, bem pertinho, ou rondando sua casa, esquina, ponto de ônibus, faróis...

Eles observam o seu filho, a sua filha, o seu marido, o seu irmão!

Vamos, não fique aí parado! Corra até a porta, a janela! Mas cuidado!

Viu? Enxergou-os?

São dois! Prontinhos para o ataque!

Não faça isso! Não saia para a rua! Não se arrisque! É perigoso! Eles atiram por qualquer gesto!

Preste atenção e repare naquele jovem estudante que vem andando inocentemente pela rua...

Eles também já o avistaram e se escondem atrás da banca de jornal...

O jovem estudante, distraído, caminha, talvez pensando no último e derradeiro beijo que deu na namorada...

Das sombras, olhos vampirescos estão fixos nos pés do rapaz...

— Mãos ao alto! Não olha pras nossas caras! Encosta no muro!

O jovem sente o cano da arma nas costas.

— Dá o tênis!

O rapaz, que pode ser o seu irmão, o seu filho, o seu amigo, o seu namorado... se agacha e começa a desamarrar o tênis...

Os assaltantes, nervosos, olham para os lados.

O rapaz entrega um e depois outro tênis. Abaixa-se para começar a tirar as meias, desequilibra-se...

Os assaltantes pensam que ele vai reagir. O do revólver dispara...

A bala entra nas costas do rapaz.

— Sujou! Vamos fugir!

Os dois abutres fogem levando nas mãos o maldito par de tênis.

Um breve silêncio, e Mister Dream sussurra nas ondas do rádio:

O seu filho, o seu irmão, o seu marido... já chegaram em casa?

Quem serão esses bandidos cruéis para quem a vida não vale nada?

Eles são os tenistas! Os famigerados ladrões de tênis!

Eles podem estar aí, aqui, em toda a parte!

Seu filho, seu marido, seu irmão, seu namorado já chegaram em casa?

Outro longo silêncio. Entra a vinheta do programa:

Uma hora da madrugada. A rádio Brézil FM está apresentando "Mister Dream in Concert", um oferecimento de...

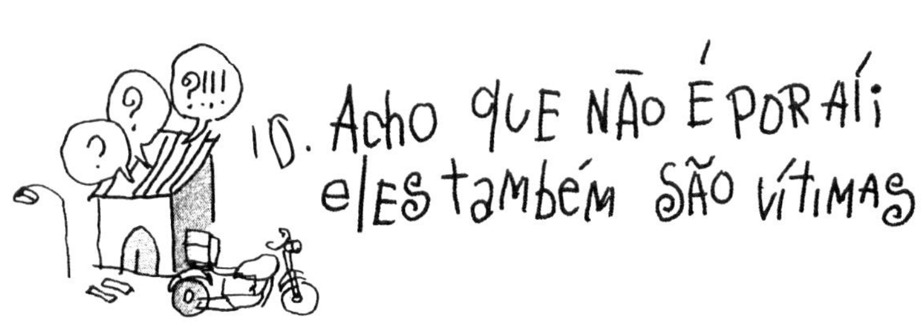

10. Acho que não é por aí; eles também são vítimas

Na pizzaria, comentários e ligações para casa dando e pedindo notícias.

— Isso acontece todos os dias. Meu vizinho também foi assaltado.

— Outro dia, um rapaz foi morto porque não quis entregar o relógio.

— Do meu sobrinho levaram o tênis e toda a roupa.

— É... melhor não reagir...

— Garanto que foram esses meninos de rua.

— Deviam matar toda essa gente.

— Acho que não é por aí; eles também são vítimas.

— O senhor fala isso porque não foi com o seu filho...

— Que loucura!

11. Nunca li um livro por inteiro em toda a minha vida

Johnny Black, o JB, está possesso com Mister Dream:

— Seu irresponsável, cretino! Ouvi tudo pelo rádio do carro. Você espalhou o terror. Entrei num bar e senti as pessoas amedrontadas, e prontas para lincharem o primeiro suspeito que aparecesse! Você não sabe o que fez! Seu Orson Wells de meia-tigela!

— Tá me xingando por quê?! O que eu fiz? E quem é esse cara?!

— Em 1938, Orson Welles, um gênio do cinema, pôs a cidade de Nova York em pânico. Transmitiu pelas ondas do rádio, com todos os detalhes para a imaginação, uma suposta invasão de marcianos. Pessoas assustadas saíram às ruas. Foi um rebu!

Mister Dream se estufa de orgulho:

— Que legal, ele, gênio do cinema, e eu, gênio do rádio. Gênios são assim mesmo: de repente, uma luz, uma ideia genial, como eu, agora!

— Só que o Orson admitiu que se inspirou num livro de H. G. Wells.

Mister Dream vai ao auge do convencimento:

— JB, no meu caso, é pura genialidade mesmo; inclusive, porque eu nunca li um livro por inteiro em toda a minha vida. Gênio que sou, nunca precisei, nunca tive vontade e muito menos paciência, he! he! he!

Maravilhado, cresce com o que escuta dos ouvintes:

Sensacional a sua história, Mister Dream! Incrível! Parabéns!

Lança para JB um olhar de "está vendo só?!". Outro ouvinte:

Meu, pegou na veia o seu papo sobre os tenistas! Tem que matar esses caras!

Com voz angelical, Mister Dream pergunta:

— Você acha que estou amedrontando as pessoas?

— De jeito algum. Serve de aviso para ninguém marcar bobeira...

Mais um ouvinte:

Estou falando da lanchonete Mein Kampf e nossa turma cumprimenta você por mostrar como age essa raça de bandidos, que destroem a família. A gente não vai mais deixar isso barato, cara!

Outra ligação:

Mister Dream, vai aterrorizar a sua mãe, seu porco!

12. Cadê a nossa Zibadum?

Ao sinal do velho, Sereno deixa Rafael, Paulinho e Sérgio entrarem. Dudu e Delta cochilam sobre a mesa.

— O que a gente faz com eles, Rafa?

— Tio Michel insiste em levá-los para casa. Quer conversar com a tia deles.

— Não adianta, ela não enxerga nada. Se eles disserem que viram o Papai Noel, ela pergunta onde.

O telefone vermelho toca. Sereno entra feito raio e atende:

— Qual é a sua?... Zibadum... endereço... tá indo já.

Dudu e Delta despertam, só enxergam o gerente:

— Ô Sereno, cadê a nossa Zibadum?!

— Tio Michel já vem trazendo...

— Tá demorando! Vamos buscar!

Querem sair, mas Sereno não deixa.

— Sai da frente, seu dinossauro!

O grandalhão empurra-os contra a parede. Paulinho, Sérgio e Rafael vão protestar, mas decidem, primeiro, socorrer os amigos. Telefone. Sereno atende. Tio Michel entra.

— Michelzinho! — os irmãos exclamam. — Cadê a Zibadum?!

— Calma, preparei uma mesa especial para vocês. Vamos pro salão?

Os três amigos acompanham os DDs. Sereno pergunta ao velho:

— O senhor vai deixar os fregueses toparem com os dois nesse estado?!!

— Digo que eles beberam demais, não aqui na festa, mas na rua, e que com medo da bronca em casa, claro, se lembraram do ombro amigo do tiozinho aqui. Sou ou não sou um anjo protetor?

— Mas nada de Zibadum, né?! Eles dariam com a língua nos dentes!!

— Fica frio, Sereno. Quem deu com a língua nos dentes foi o Maurão Xarope... a gente acerta ele. Pega a perua e leva aqueles três — aponta Paulinho, Sérgio e Rafael — cada um em sua casa. Eu fico pajeando os noinhas até...

13. Esta é a notícia

JB, desconfiado da "genialidade" de Mister Dream, liga para a delegacia de Polícia e apura que de fato houve um assalto. Redige uma nota em termos jornalísticos, que passa a Mister Dream:

— Esta é a notícia. Transmita sem inventar uma linha. Depois, entreviste o policial que atendeu o caso, tá aqui o nome dele...

Tio Michel contorna a ansiedade dos DDs, já sentados à mesa:

— Esperem só os seus colegas saírem. Eles não podem saber da Zibadum. E se vocês — passa a mão na cabeça deles — guardarem segredo... vão se dar muito bem e... bico calado que eles estão vindo!

Paulinho, Rafael e Sérgio se despedem dos DDs, quando Mister Dream:

O estudante Ricardo Rezende, de 17 anos, aluno do Colégio Pitom, foi assaltado e baleado com um tiro nas costas, nesta madrugada. Os assaltantes fugiram levando o par de tênis de Ricardo... O fato aconteceu na rua Criança Feliz, no Jardim da Tranquilidade. Ricardo foi levado ao Hospital Nossa Senhora dos Homens Tolos. Agora, eu converso com o policial que esteve no local.

Na pizzaria, espanto, perguntas aflitas "Como?" "Por quê?!" "Morreu?!"

— Então, soldado Munhoz, como tudo aconteceu?

— Positivo. Nós estávamos, o soldado Pereira e eu, em patrulhamento pela região quando um popular acenou para a nossa viatura, comunicando-nos o assalto. Imediatamente rumamos para o local e deparamos com a vítima, que jazia em decúbito ventral, transfixiada por um projétil de arma de fogo. Ato contínuo, enviamos todas as providências de socorro à vítima, ainda com vida, removendo-a ao nosocômio Hospital Nossa Senhora dos Homens Tolos, onde os facultativos de plantão prestaram-lhe os primeiros socorros.

— S'embora pro hospital, avisar a família, sei lá! — Rafael comanda.

— Sereno, leva eles, que eu continuo com os dois... Ué, e eles?!

Dudu e Delta sumiram.

— E os assaltantes foram presos? — prossegue a entrevista.

— Positivo: quer dizer, negativo. Após comunicarmos a ocorrência à autoridade de plantão deste distrito policial, nós enviaremos todos os esforços no sentido de capturarmos os meliantes que, segundo testemunhas, seriam dois... e que empreenderam fuga em direção à favela Filhotes da Miséria, onde se homiziaram após o delito.

14. E NÃO ME VENHAM COM ESSE PAPO DE DIREITOS HUMANOS!

Nem sinal dos DDs dentro e fora da pizzaria.

Mister Dream arremata a informação, bem no seu estilo:

É isso aí, galera. Um furo de reportagem do meu programa! Não falei que os tenistas invadiram a cidade? Onde estamos? Não há mais segurança! O que merecem esses bandidos senão a pena de morte? Pe-na de mor-te!!! E não me venham com esse papo de Direitos Humanos! E se o estudante Ricardo morrer?! Quem enxugará as lágrimas da mãezinha dele?! E muito cuidado, gente boa e trabalhadora da favela, os bandidos estão por perto, dá uma geral no trinco da porta, da janela, e qualquer suspeita chama a polícia. Bem, vou colocar poesia e paz nesta conversa com a música de...

15. De que jeito?

Muita gente na porta do hospital, atraída pela notícia. Rafael, Paulinho e Sérgio encontram Maíra, Cris e os pais do Ricardo.

Corre-corre do povo em direção a uma perua da Rádio Brézil FM, com o letreiro "Mister Dream in Concert — O show Da Hora!". Esperam ver Mister Dream, o ídolo, de perto. Paulinho, Rafael, Sérgio, Maíra e Cris também correm para a perua, para protestarem contra o sensacionalismo do comunicador.

Mas na perua está só o motorista que, no primeiro momento, entusiasmado com o assédio dos fãs, pensa em se apresentar como "assessor particular de Mister Dream", pose da qual desiste ao ouvir da Cris e seus amigos os gritos de "Cadê o explorador do Mister Dream?!", ao que o povo, de maria vai com as outras, repete "Cadê o explorador do Mister Dream?". O motorista põe o rádio da viatura no último volume.

Tô de volta, galera. Fiquem ligados porque daqui a pouco terei informações sobre o estudante assaltado. Será que a polícia já invadiu a favela? Coitado do estudante... E a próxima música eu dedico a ele...

— Cala a boca, seu vampiro! — Paulinho berra com tudo.

— Vampiro! Vampiro! — o povo reforça em coro.

Rafael sente alguém tocar em suas costas, vira-se. É JB:

— Por favor, preciso falar com você!

— Pô, que baixaria vocês fizeram! — Rafael protesta.

— Estou aqui pra tentar consertar...

— De que jeito?

— Com você entrando de repórter no programa do Mister Dream informando direitinho sobre o estado do Ricardo.

— Não quero nem ouvir a voz desse sujeito!

— E eu sinto vontade de... disso, ó! — Cris faz gesto de enforcamento.

— Acontece, Rafael, que se você não fizer isso, Mister Dream vai continuar deitando e rolando, inventando, dramatizando e repetindo tudo que os ouvintes disserem pra ele por telefone. Ouve só...

... Impressionante a audiência deste meu programa, e muito mais nesta noite tão triste. Um ouvinte me contou que lá no hospital onde está o estudante baleado uma multidão revoltada está gritando assim:

— Ó, Pena de morte! Morte aos tenistas!

E o povo na porta do hospital, sintonizado no programa, repete em coro:

— Pena de morte! Morte aos tenistas!

E outro ouvinte me informa que a polícia cercou toda a favela Filhotes da Miséria! É isso aí, pau nos vagabundos, porrada neles!

A multidão cerra os punhos e espanca alguém imaginário.

É a guerra do tênis nas ondas do rádio! Quero esses tenistas presos até o final do programa! E é o seguinte: dou um prêmio em dinheiro, uma nota em cima da outra, pra quem ligar pra cá denunciando os tenistas assaltantes. Claro que receberei a denúncia fora do ar e imediatamente passarei para a polícia. Pode ligar sem medo, porque o seu nome será guardado no mais absoluto sigilo. Se liga aí, gente boa da favela, não tá a fim de uma graninha?...

— Aceito! — Rafael decide. — Esse mentecapto de caráter não pode espalhar ódio, preconceito e vingança pelas ondas do rádio.

Com microfone e escuta, ao lado da perua cercada pela multidão, Rafael responde à chamada de Mister Dream.

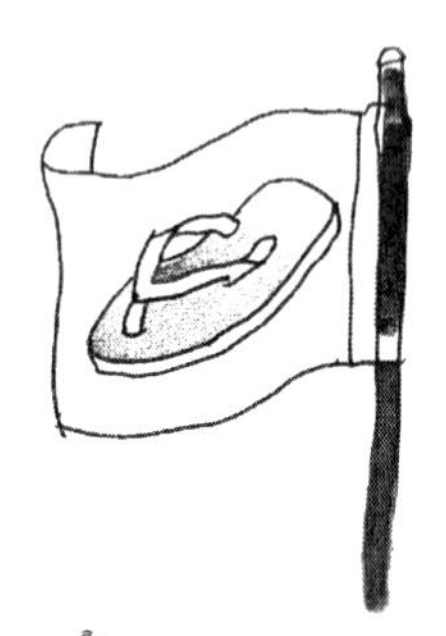

16. Será a Passeata do Chinelo de Dedo!

— Atenção, gente. O Rafael, aquele estudante que deu uma de repórter na festa do colégio Pitom, fala agora diretamente do hospital onde está o estudante baleado! Fala, garoto, muita tristeza e revolta por aí?!

— Nós, amigos e familiares do Ricardo, estamos emocionados com a manifestação carinhosa das pessoas que aqui vieram torcer pela vida do Ricardo, que está sendo atendido...

— Ué, não tem revolta por aí?!

— Não, tem é solidariedade...

Mister Dream muda de tom:

— Bem... você que é amigo do Ricardo, essa vítima infeliz da violência, pode, então, descrever para os ouvintes a pessoa do Ricardo?

— Ora, é um adolescente cheio de vida e de sonhos, como qualquer adolescente, e que, como qualquer pessoa, tornou-se vítima da estupidez que é a violência...

— É isso aí, garoto, falou e disse: violência! Violência, que temos de combater com todas as armas!

— Calma aí, Mister Dream, não fale pela gente! Nós, os estudantes, antes de sairmos por aí combatendo a violência com violência, queremos entender por que ela acontece, e...

— Tá, garoto, muito bonito seu discursinho, mas não resolve, amanhã a vítima pode ser você. Temos é de agir!

—Vamos agir. O Sérgio, presidente do grêmio do Pitom, explica como. Fala, Sérgio!

— Convocamos os estudantes para um encontro hoje à tarde no Pitom, quando tentaremos responder a esta pergunta: o que leva alguém a assaltar, a matar por causa de um par de tênis, de um relógio, ou de qualquer outra coisa?

— Com licença, ô, garoto! Eu, Mister Dream, sou um cara democrático e respeito essa ideia, mas acho que blá-blá-blá não resolve, o negócio é pau, pau, olho por olho, dente por dente, olho por olho!

A multidão delira. Rafael contra-argumenta:

— Mas, se agirmos assim, não sobrará ninguém com olhos e dentes, como disse o Mahatma Gandhi, conhece, Mister Dream?!

— Claro, my boy, *ele foi um roqueiro muito dez!*

— Nada disso, meu! — Paulinho não se contém e entra com tudo na conversa. — Nada disso, você tá por fora, Mister Dream! Nada de olho por olho, dente por dente. O negócio é tênis por chinelo de dedo!

Silêncio nas ondas do rádio. Paulinho continua:

— Se o objetivo é chamar a atenção sobre o que leva alguém a assaltar e matar por causa de um par de tênis, um relógio, ou seja lá o que for, tive uma ideia: que tal se os estudantes trocassem o tênis pelo chinelo de dedo?!

Outro silêncio, mas Paulinho não se inibe:

— Elementar, meus caros Watsons: a gente sai pelas ruas calçando chinelo de dedo e com o tênis na cabeça; quer dizer, estamos protestando e refletindo sobre! Entendem?! Será a Passeata do Chinelo de Dedo! Daí, então...

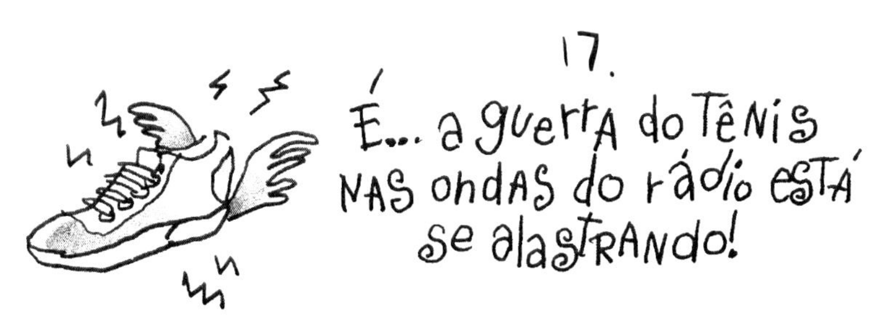
17.
É... a guerra do Tênis
nas ondas do rádio está
se alastrando!

A multidão, achando graça, aplaude, se diverte. Paulinho, inspiradíssimo, lança palavras de ordem, que viram um coro só, nas ondas do rádio:

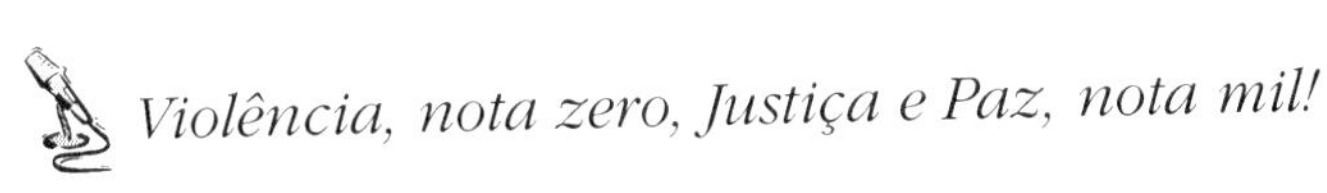
Violência, nota zero, Justiça e Paz, nota mil!

Mister Dream tapa o microfone e solta um baita palavrão, comentando: "Que bobagem, esse moleque é um agitador!". Mas, no ar, aproveita para faturar simpatias:

Genial essa ideia! É o que eu sempre digo: "Se o mundo ouvir o que o jovem tem para falar, a vida vai melhorar". E vou mandar fazer uma faixa bem grande para ir à frente da passeata: "Mister Dream está com os estudantes e abre passagem!!!". Se liga nos comerciais, e volto já!

Paulinho é abraçado. Gente continua chegando ao hospital: estudantes, professores, curiosos, vendedores de água, refri, cachorro-quente.

— Meu povo, estou de volta com o "Mister Dream in Concert", o programa mais poderoso do rádio

do Brézil. Os telefonemas não param. Pessoas opinando sobre a guerra do tênis nas ondas do rádio. Alô, fala você, que está na linha...

— Enquanto os estudantes brincam de passeata, nós vamos reagir de verdade contra a violência dos tenistas. Vamos limpar a área... Estamos saindo para fazer um servicinho... Até logo!

— Espera aí, qual o seu nome?

— Pode me chamar de Lírio Branco. Fui!

— Lírio Branco... nome tão doce num cara tão bravo... Mais um ouvinte ao telefone. Fala!

— Alô, eu sou o Adolfinho, líder da Os Superiores, e...

— Os Superiores é nome de alguma banda?

— Qual é, cara, tá me tirando?! Os Superiores é a nossa organização, que tem a seguinte filosofia: a vida é dos fortes, dos poderosos, dos superiores, o resto tem de ser detonado, eliminado, e sem esse papo de Direitos Humanos, Solidariedade, o escambau! Por isso, um aviso pra esses estudantes metidos a bestas: vamos melar essa passeata, e na porrada! Falei.

— Poxa, outro cara bravo! É... a guerra do tênis nas ondas do rádio está se alastrando! Tem mais gente na linha...

— Meu nome é César, da Escuderia Rubicão, motoqueiros da solidariedade. Levamos ajuda para quem estiver precisando. Nós estaremos dando a maior força aos estudantes na Passeata do Chinelo de Dedo, e...

— Só que Os Superiores acabam de dizer que... Vocês também vão sair pra dar porrada?...

— Conversando... a gente se entende. Somos da paz. É isso aí, estudantada, contem conosco! Falei também.

— Que legal, tô adorando! Mas, vejam lá, bem, se sair briga, eu, Mister Dream, tenho nada com isso. Fala quem está na linha!

— Aqui é Zilá, da favela Filhotes da Miséria...

— Já sei, a polícia acaba de prender os tenistas aí na favela!

— Não tô na favela, seu moço. Falo do escritório onde faço limpeza de madrugada. Não tô sabendo de nada, seu Mister Dream.

— Então, você ligou pra quê?

— Pra dizer que estou muito triste com o que aconteceu com esse menino assaltado, e que o povo da favela, gente que conheço, está pensando nele com todas as forças boas do coração. É só isso, seu Mister Dream, e muito obrigada. Ah, eu também quero dizer que na favela mora gente boa, honesta, trabalhadeira, e que quem não trabalha é porque não acha emprego...

— Tá bom, dona... dona Zilá. Mas o que interessa agora é saber se os bandidos já foram presos lá na favela. Será que nenhum favelado tem coragem de entregar os tenistas, porque tá na cara que eles estão escondidos na favela. Se liga aí, você, favelado desem-

pregado, denuncie e ganhe uma graninha... Vou tocar uma seleção de música, esperando a sua denúncia.

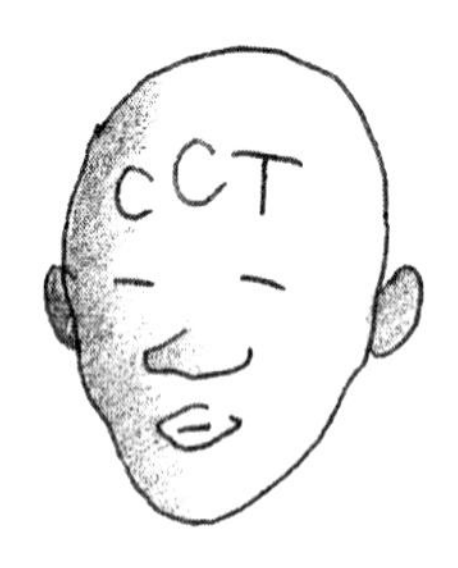

18. Aí mandaram nóis ficá pelado

Motos estacionam silenciosamente diante do hospital. César, o líder, se coloca à disposição da família do Ricardo e da turma do Pitom.

Ajuda aceita na hora. Rafael, Maíra e Sérgio partem de carona nas motos para a pizzaria. Estão preocupados com os DDs. Paulinho fica:

— A Cris precisa de um ombro amigo e... depois da minha genial ideia do chinelo de dedos... sabem como é... a imprensa não vai me dar folga... Ah, na volta, me tragam uma pizza.

Lado a lado, as três motos pela madrugada. De repente, freadas: cinco meninos nus atravessam a avenida em disparada e se escondem atrás de um carro no posto de gasolina. Um menino nu aparece de mãos erguidas, ajoelha-se e implora aos motoqueiros:

— Não atira! A gente não é trombadinha, assaltante, bandido!

— Calma, ninguém vai dar tiro em vocês. O que aconteceu? — César tranquiliza.

Jaquetas dos motoqueiros e blusa do Rafael cobrem a nudez dos meninos, que tiritam de frio. Maíra me traz chocolate quente da loja de conveniência. Os meninos contam o acontecido com eles.

Indignado, Rafael, dali mesmo, chama Mister Dream pelo celular, avisando que tem novidades.

— Vai daí, garoto! De novo, na ponta da linha, Rafael informando sobre o estudante baleado.

Rafael entra rasgando:

— Não tenho novidade sobre o nosso Ricardo. Acabo de encontrar outras vítimas dessa sua guerra do tênis nas ondas do rádio...

— Que legal, quer dizer... não brinca! Os tenistas assaltaram outra vez?!

— Uns meninos foram agredidos e humilhados...

— Que papo esquisito é esse, meu?!

— Rafael passa o telefone a um garoto.

— Alô, aqui é o Tilico, ... eu, o Vadinho, o Renato, o Pedro e o Zoio, nóis, toda dia de noite nóis pegamos papelão e latinha no lixo, que depois nóis vende. Era mais de meia-noite e a gente ia andando pra fuçar o lixo do supermercado quando uma moto e uma caminhonete dessas grandona de rico subiu na calçada quase atropelando nóis que quase fiquemo prensado

no muro. Aí, né... desceram uns quatro cara mascarado e com berro na mão gritando pra gente pôr as mão na cabeça. Um dos cara falou assim: "Os tenista estão procurando gente pra assaltar?". E xingava nóis de bandido, vagabundo e xingaram a mãe da gente. O Vadinho falou que nóis tava trabalhando... Pra quê? Tomou uma porrada bem no meio da boca, que dois dente dele vuaram longe... Dá uma olhada... Mister Dream... Aí mandaram nóis ficá pelado e com um pincel de tinta preta escreveram essas treis letra nas nossa testa: CCT... Depois mandaram a gente sair correndo sem olhá pra trais...

O menino se cala soluçando... Rafael é extremamente irônico:

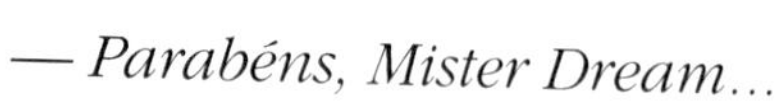

— Parabéns, Mister Dream...

— Eu quero fazer umas perguntas pra esse pivete aí...

Rafael já saiu do ar.

Um táxi escoltado pelos motoqueiros leva os meninos ao hospital, o mesmo onde está Ricardo. Não queriam ir: "Vão pensar que a gente é trombadinha, e a polícia bate na gente".

— Bem, vocês ouviram o que esse moleque falou, e eu não vou comentar nada por enquanto para

que não digam que eu faço show em cima da violência. Só uma perguntinha: será que esses moleques são tão inocentes assim?!... Mas o que será CCT, as letras que tascaram na testa dos pivetes? Se você souber, ligue pra mim e ganhe um CD. Não acredito, já tem gente ligando! Alô!

— Alô... É o Lírio Branco... Gostou da lição que demos nesses pivetes? Foi só o começo... daqui a pouco você vai saber de mais uma liçãozinha...

19. Colega, você tá pensando no que eu tô pensando?!

Quatro da manhã. Cido e Du Boi saem da favela.

— Minha mãe acha que tô mentindo, Du Boi. Me abençoou e fechou a porta resmungando "isso lá é hora de ir atrás de emprego?".

— É a hora que dá pra conversar legal com o gerente... ele chega cedo por causa dos caminhões de entrega... Ele vai pensar assim: "Bom, se o carinha está aqui a esta hora é porque precisa do emprego mesmo. Vou dar uma chance pra ele... De mais a mais, foi apresentado pelo Du Boi".

— E eu tô legal, assim? — Cido quer saber da sua aparência.

— Em cima da pinta! A roupa não é nova, mas tá limpa. O tênis serviu direitinho.

Caminham pela calçada. Não percebem a viatura policial ao lado deles.

— Mão pra cabeça!

Obedecem sob a mira das armas.

— A gente é trabalhador...

— Documento! — um berro.

— É pra já, moço — Du Boi revira os bolsos. — Xiii, meu crachá do supermercado ficou em casa, se o senhor quiser...

— Tá pensando que sou otário, seu vagabundo? — Um tapa no rosto de Joãozinho. — E você aí, também esqueceu o crachá, seu pilantra?

— Não, senhor. Eu tô desempregado. Tô indo com o meu amigo...

Um tapa na cara cortou a fala do garoto. E a pergunta:

— Desempregado e com esse tênis de marca?

— É que...

Tapas e berros impedem os dois de abrirem a boca. Um brilho nos olhos do policial nos tênis que Cido usa:

— Tênis novinho, hem... — E sorrindo comenta com o outro policial: — Colega, você tá pensando o que eu tô pensando?!

A viatura dispara cantando pneus e sirene ligada. No chiqueirinho, algemados, Cido e Du Boi rolam pra lá e pra cá a cada curva, rostos raspando no piso. Os policiais confabulam:

— Já pensou todo mundo ouvindo o Mister Dream falando: "Galera, apresento pra vocês dois 'sherlocks', os dois grandes, bravos e valentes heróis da guerra do tênis nas ondas do rádio, homens que dignificam a nossa gloriosa polícia; homens que, enquanto você dorme, eles, longe do aconchego do lar, vigiam as ruas sempre prontos para entrar em ação!

— Mas e se os dois aí atrás forem inocentes?

— Esses coitados?! Vale a nossa palavra ou a deles? E não tem nem testemunha! Qualquer coisa, a gente leva eles pruma quebrada, dá um pau, e se abrirem a boca... o Lírio faz o serviço...

No hospital, Paulinho diz que não há novidades sobre o Ricardo, que:

— O Dudu e a Delta apareceram por aqui... só perguntando se o Ricardo vai morrer... Estavam dando bandeira, então acomodei os dois ali no canto, e no que virei as costas eles sumiram, escafederam-se.

— Será que foram pra casa, Rafa?

— Só tem um jeito de saber, Maíra: indo até lá.

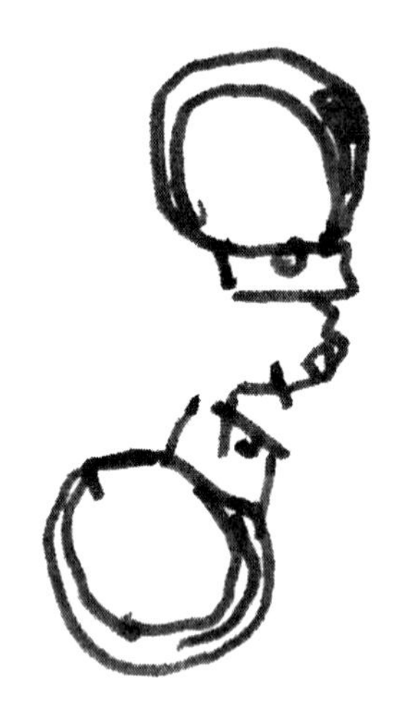

20. É mais um dessa turma de respeito à cidadania

O policial dá esta versão ao delegado sobre os inchaços nos lábios e machucaduras nos rostos e braços de Cido e Du Boi:

— Doutor, eles empreenderam fuga pelo matagal, onde se arranharam, e mesmo com as armas apontadas para eles, os “malas” vieram pra cima da gente, então pra não atirar nos dois, a gente teve que dar umas porradas no estômago deles, só que... algumas pegaram na boca...

— Sei... e daí? — O doutor Lincoln respira fundo.

— Daí, chefe, que eles vão dizer que são inocentes, e que nós torturamos eles... o mesmo papo de sempre de bandido. Mas nós trouxemos a prova do crime! — Exibe o par de tênis.

— Tirem as algemas deles!

— Tá louco, doutor?! Eles são perigosos!

— Tirem!

Pouco depois, ouvidos colados à porta, os policiais tentam ouvir a conversa do delegado com Du Boi e Cido. Um deles comenta:

— Esse doutorzinho é mais um dessa turma de respeito à cidadania. Ele vai ferrar a gente. É bem capaz de mandar a gente pra Corregedoria...

Cris reconhece os tênis que dera de presente ao Ricardo. Olha com raiva para Cido e Joãozinho a sua frente.

Paulinho mete a colher:

— Já solucionei tudo, senhor doutor delegado: esses dois aí estiveram ontem à noite na pizzaria procurando pelo Sereno, só que antes eu vi eles conversando com o Ricardo e a Cris, tá lembrada, Cris? Nisso, cresceram os olhos no tênis do Ricardo, e depois...

No rosto do delegado Lincoln há uma expressão tipo "É mesmo?!".

— Pois, então, detetive Paulinho, depois dessa brilhante conclusão, só me resta uma coisa: passe-me o seu tênis e meias, por favor.

— Pra quê?!

— Tire, por favor... — O delegado cochicha com um auxiliar, que sai da sala.

E eis o Cido calçado com o tênis e as meias do Paulinho.

— Pronto, doutor. — O auxiliar entrega um par de chinelo de dedo.

— Seu Paulinho, faça o favor de calçar; afinal, a ideia foi sua...

Paulinho não entendeu, mas calçou os chinelos de dedo.

Perguntaram, mas o delegado não explicou a razão daquilo tudo. Ele ao volante da viatura, Cris ao seu lado, Cido e Du Boi no banco traseiro, seguem para o hospital. Ah, Paulinho fez questão de ir no chiqueirinho.

Uma brecada lenta, e um comentário do delegado:

— Ah, não, eles não perdem tempo mesmo. Tenho de botar as mãos nesse pessoal antes que eles... — O delegado se transforma. — Vejam aquilo...

Na Praça da Fraternidade, doze meninos nus e amarrados nas árvores, com vergões e hematomas pelo corpo, tênis em volta do pescoço, e marcados na testa com tinta vermelha de pincel atômico as letras CCT. E um cartaz sobre eles:

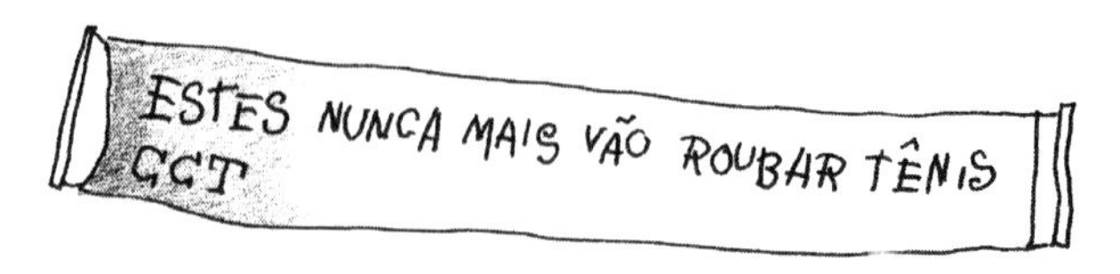

Os meninos, baixados das árvores, se enrolam em jornais. Uma testemunha conta:

— Tiraram os garotos, já pelados, de dentro de uma caminhonete e de um carro, na base de socos e pontapés. Os mascarados amarraram eles nas árvores e saíram dando risada.

— Se o Mister Dream ficar sabendo disto, imagina só o carnaval... — o doutor Lincoln comenta.

Rafael, Maíra e Sérgio tocam a campainha do apartamento dos DDs. Tia Judite, solteira, funcionária pública aposentada, atende:

— Que bom ver vocês! Estou tão preocupada com as minhas crianças. Chegaram agitados, não falando coisa com coisa... bibabum... bibadum... tio Miguel... Sereno... Ricardo. Se trancaram no quarto. Eles estão cada vez mais estranhos... Perguntei se estão usando droga... Riram e falaram que só curtem um tal de baratinho, e que param quando quiserem...

— A senhora dá dinheiro pra eles?

— Só a mesada que os pais mandam do interior, mas ultimamente não há dinheiro que chegue para eles. Venderam o aparelho de som, os patins, o isquei-te, e até o celular! Falaram que iam trocar por um mais novo. Outro dia me apareceram com um revólver, disseram que era de um amigo da escola, que ganhou de herança do avô, que a mãe desse amigo não gosta de arma de fogo em casa, o amigo pediu para eles guardarem. Mas aí banquei durona com eles: disse que não queria aquilo aqui em casa, e que jogaria no lixo. Valeu, porque sumiram com o tal revólver.

Não respondem às batidas na porta, até que Dudu pergunta:

— O Ricardo morreu?

— Não, cara, mas tá maus.

Nada mais respondem. Sérgio deixa seu celular com tia Judite.

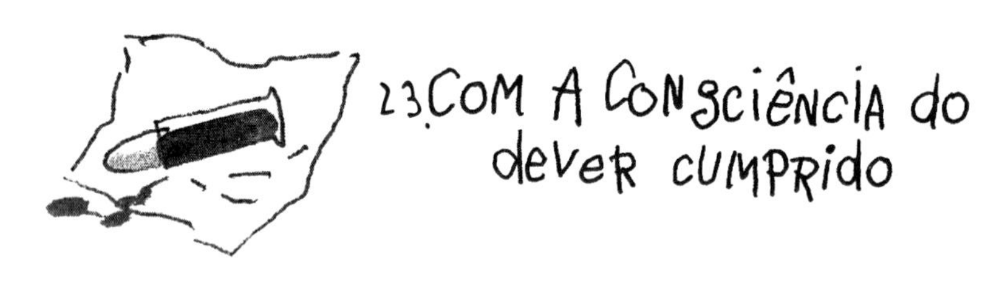

23. Com a consciência do dever cumprido

Mister Dream despede-se dos ouvintes:

É isso, galera! Chegamos ao fim do meu, do seu, do nosso programa de hoje. Confesso que em toda minha carreira nunca senti tanta adrenalina. E agora vou pra casa com a consciência do dever cumprido.

Tornei-me a voz dos indefesos e alertei para o perigo dos tenistas. Recebi a informação de que os assaltantes do Ricardo já foram presos e que, também, outros bandidinhos pés de chinelo dançaram. Parabéns à polícia! Amanhã, contarei estes e outros capítulos desta guerra nas ondas do rádio, e que vai continuar até a vitória final para o sossego da sociedade honesta e trabalhadora! Viva! — e encerra o programa com uma *oração chorosa dedicada ao Ricardo...*

Bala extraída do corpo, Ricardo foi para a UTI.

24. Não deixa eles pegarem a gente!

O recado de JB para Rafael: venha para a rádio rapidinho!

Foi. Na portaria, JB vai dizendo:

— É... um nome bem sonoro esse Rafael Blanco... Pega bem.

— Pega bem o quê?

É apresentado ao diretor da rádio...

— Então, garoto, você topa?

— Topa o quê?!

— Explico: o Mister Dream arrumou essa guerra pelas ondas da nossa rádio e, certo ou errado, nós temos de ir em frente, porém, informando de modo jornalístico, sem julgar e fazer apologia. É aí que você entra como repórter, um correspondente de guerra, ouvindo, investigando e reportando tudo. Topa?

— Quando começo?

Ouçamos pelas ondas do rádio e pelas linhas do livro o repórter Rafael Blanco:

— Senhoras e senhoras, estudantes, ouvintes da Brézil FM, são 15 horas e 21 minutos, mais de duas mil pessoas, entre estudantes e gente do povo, presentes à Passeata do Chinelo de Dedo, em alerta ao assalto ao aluno Ricardo Rezende, do Colégio Pitom, na noite passada. Ele continua na UTI. Os estudantes caminham com chinelos de dedo e com o par de tênis dependurado no pescoço. Antes, os alunos em assembleia aprovaram uma Carta Aberta à População, que será lida logo mais, nas imediações do Hospital Nossa Senhora dos Homens Tolos. A passeata avança pacificamente e é aplaudida pelo povo. E um detalhe: motoqueiros da escuderia Rubicão fazem a segurança porque um grupo de fanáticos, que se autodenomina Os Superiores, prometeu tumultuar a caminhada; felizmente parece que desistiram, pois não há sinal deles.

Transmitindo da perua de frequência modulada, descreve as faixas:

BASTA DE VIOLÊNCIA!
NÃO HAVERÁ A PRÓXIMA VÍTIMA!
CCT NÃO É SOLUÇÃO!
É ÓDIO, PRECONCEITO, MORTE!

Reporta aos ouvintes o episódio dos meninos espancados e marcados com a sigla CCT. Uma mulher porta uma cartolina com os dizeres:

A FAVELA FILHOTES DA MISÉRIA
ESTÁ COM OS ESTUDANTES

É Zilá, a favelada no programa do Mister Dream, e que Rafael entrevista:

Estou aqui, moço, em solidariedade ao menino Ricardo, e também para fazer um convite aos estudantes.

A pergunta sobre o tal convite ficará para depois dos comerciais. Paulinho traz Dudu e Delta pelos braços para perto da perua e confidencia ao Rafa:

— Eles estão com um papo muito estranho... Melhor grudarmos neles.

Os irmãos, aflitos, agitados, disparam:

— Eles vão matar a gente! Não deixa eles pegarem a gente!

— Quem?! Por quê?!

— Eles querem pegar a gente!

— Tá, tá, tá, fiquem ao meu lado. Tenho de continuar a reportagem, e o tempo parece que vai esquentar.

E atenção, muita atenção, toda atenção! Confusão à vista: chegou o bando que prometeu acabar com a passeata. São uns trinta jovens mal-encarados, chispando agressividade pelos olhos, com porretes de madeira, bastões de ferro e grossas correntes de aço. Eles formaram uma barreira no meio da rua, gritando: Morte aos tenistas! A passeata parou. Vou tentar uma entrevista com eles...

Ao ver Rafa se aproximando com o microfone, o líder dos mal-encarados berra: "Vem, moleque, vem se meter a herói, vem!". O repórter para, limpa o suor da testa e... respira de alívio: os valentões mal-encarados estão fugindo! Fogem das motos que avançam sobre eles. Largam porretes, bastões e correntes. Entram na primeira esquina. As motos estancam. A tensão do medo vira uma gargalhada geral da maior gozação. A passeata recomeça. Rafael entrevista o delegado Lincoln.

25. A história se repete

— Que informações o senhor tem desses Os Superiores?

— É um grupo paramilitar violento e com preconceito racial. Eles se reúnem na lanchonete Mein Kampf, que quer dizer "minha luta", e é também o nome do livro autobiográfico do Adolfo Hitler; e, coincidência ou não, o chefe do bando chama-se Adolfinho.

— E sobre a tal sigla CCT?

— Estou juntando alguns fios da meada, partindo daquele sujeito, que no programa do Mister Dream disse que poderia ser chamado de Lírio Branco. Esse foi o apelido do porta-voz de um grupo de policiais assassinos, que nos anos 60 reinou na capital paulista. Eles sequestravam presos das cadeias, suspeitos e acusados por crimes, gente pobre, e executavam por fuzilamento. O Lírio Branco telefonava para as redações dos jornais dizendo onde estavam os cadáveres, que batizaram de presunto. A Justiça, graças à coragem de um procurador chamado Hélio Bicudo, conseguiu acabar com esses assassinos. E mais um fio da meada:

também nos anos 60, em São Paulo, durante a ditadura militar, surgiu o CCC — Comando de Caça aos Comunistas. Gente politicamente de extrema-direita, e que odiava as pessoas mais esclarecidas, atuantes na esquerda política, estudantes, professores, artistas, intelectuais. Eles invadiam, claro que com violência, teatros, escolas, sequestravam, intimidavam. Vai daí que, por analogia, CCT pode ser Comando de Caça aos Tenistas. E outro fio da meada: a Operação Camanducaia. Em 1973, no dia 19 de abril, 93 menores infratores, entre 10 e 17 anos, naquela época já chamados de trombadinhas, foram retirados por policiais civis das celas do então DEIC — Departamento de Investigações Criminais —, embarcados num ônibus, e de madrugada soltos nus na Rodovia Fernão Dias, na cidade mineira de Camanducaia. Então, você, meu jovem repórter, e vocês, ouvintes, percebem que a história se repete, e que temos de saber por que essas coisas acontecem.

— E sobre os assaltantes do Ricardo, já existe alguma pista?

— Bem, sobre pistas quanto aos assaltantes eu estou refletindo, refletindo porque o escritor desta história embaralhou tudo, mas garanto e assino embaixo que estes dois rapazes, Joãozinho Du Boi e o senhor Cido, salvo qualquer armadilha preparada pelo escritor, são absolutamente inocentes, e que...

Cido, ouvindo isso, esquece a timidez e agarra o microfone:

— Eu sou o Cido. Quero avisar o meu pessoal lá de casa que não tô preso, que tá tudo bem e que sou inocente. Vim aqui devolver pro estudante os tênis e as meias, que o doutor delegado emprestou pra mim ir conversar com o gerente do supermercado. Agradeço, mas não adiantou nada. Até piorou pro lado do meu amigo, não é, Joãozinho?

— Aqui quem fala é o Joãozinho Du Boi, do supermercado. Quero mandar um abraço de despedida para todos os meus colegas de trabalho...

— Ué, por que de despedida?!

— É que o dono do supermercado mandou me despedir, porque pega muito mal pro supermercado ter um funcionário metido em assalto. O doutor delegado falou que eu não tenho nada com isso, que tô limpo, que sou um cara honrado, mas não adiantou nada. Tô no olho da rua.

Paulinho não se segura:

— Nada disso! Isso não vai ficar assim, Du Boi! Garanto que a opinião pública está com você! Gostaria que o supermercado me respondesse o seguinte: "De que vale os senhores anunciarem na pro-

paganda que vendem barato em respeito aos clientes, se não têm respeito pelos seus próprios trabalhadores? Não se troca de empregado como se troca de etiqueta de preços. Falei e disse!

26. Mas com ações concretas de solidariedade

O povo ouvinte aplaude. A passeata se concentra uma esquina antes do hospital, em respeito ao silêncio hospitalar. Maíra, chorando, informa que o estado clínico do Ricardo é delicado. Ao microfone da rádio, Sérgio, o presidente do grêmio do Pitom, inicia a leitura da Carta Aberta à População:

Nós, estudantes, nos declaramos em assembleia permanente não apenas pelo que aconteceu ao nosso colega Ricardo, mas também pela violência que vem vitimando a sociedade, principalmente os pobres. Este nosso fórum está aberto às pessoas da comunidade que queiram refletir e agir conosco sobre as causas da violência.

Deixamos claro que não endossamos acusações generalizadas e superficiais contra quem quer que seja, e que repudiamos a maneira sensacionalista com que o locutor Mister Dream tem tratado os últimos acon-

tecimentos e, por extensão, repudiamos as declarações de um certo senhor que se apresenta como Lírio Branco, e de um senhor chamado Adolfinho e, sobretudo, as agressões covardes aos garotos marcados pela sigla CCT. Repudiamos, também, atitudes violentas, e costumeiras, de alguns policiais que se fantasiam de Rambos em roupas e atitudes, ávidos por mostrar serviço a qualquer preço, em cima da tradição brasileira em que o pobre, o marginalizado, o excluído é sempre o primeiro suspeito de crimes. E mais: atendendo ao convite da dona Zilá Silva, da favela Filhotes da Miséria, convocamos professores, médicos, juristas, estudantes e todas as pessoas de bom-senso, sem preconceito e de boa vontade a "invadirem" a favela, não com discursos demagógicos, piegas, para aliviar a consciência da insensibilidade e da omissão, mas com ações concretas de solidariedade.

Vida para o Ricardo! Viva o Pitom! Viva os estudantes do Brasil, e não do Brézil.

Fim da passeata, fim da transmissão pelas ondas do rádio. JB, Rafael, Maíra, Paulinho, Cris, Sérgio, César, Du Boi, Cido, Zilá, e até Dudu e Delta, aparentemente mais calmos, se enovelam num caloroso abraço. Repórteres cercam Zilá e Sérgio perguntando sobre a invasão da favela. Ninguém viu quando Dudu, Delta, Du Boi e Cido exclamaram ao mesmo tempo, e com o mesmo terror nos olhos:

— Seu Carlão Padrinho!!!

É o homem de camisa colorida, óculos escuros, na outra calçada. Os quatro correm feito raios sem direção, fogem. O homem meneia a cabeça num sorriso curto.

27. De onde será?

Tia Judite, que ligou do celular deixado pelo Sérgio, tem notícias... De carona nas motos, eles chegam à casa dos sumidos. Tia Judite está transtornada:

— Eles entraram alucinados: parecia que o capeta estava atrás deles. E estava mesmo: dois homens com revólveres. Um segurou Dudu pelo pescoço; Delta se trancou no banheiro, mas saiu quando o homem disse que daria um tiro no Dudu. E os malvados levaram minhas crianças.

No espelho do banheiro, com pasta de dente, um sinal de Delta:

99887755-SOCORRO!!!!

Número de um telefone que Paulinho, pelo celular, chama várias vezes.

— Alguém atende, fica mudo, dá um tempo e desliga. De onde será?

Resolvem conversar com o delegado. Dona Judite repete zilhões de vezes que de moto não vai, mas atraca-se na cintura do César e daí a pouco solta: “Uau, que adrenalina!”.

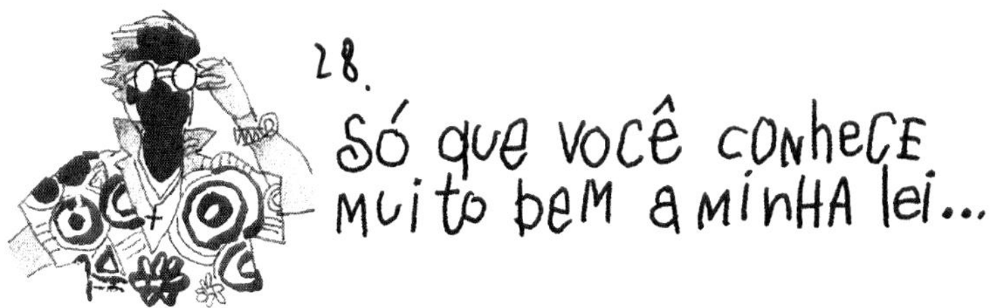

28. Só que você conhece muito bem a minha lei...

— Cadê meus filhos?! Pelo amor de Deus, cadê os meus filhos?!

— Estão no barraco da dona Geralda.

Zilá corre desesperada, abraça o menino de dois, a menina de cinco anos. Não acredita no que vê: a porta e janela do barraco arrancadas. Lá dentro, mesa, cadeira, berço, cama, a velha geladeira, armário, tudo destroçado, roupas e panos no chão.

— É..., Zilá... invadiram a sua casa... — diz, com frieza no olhar e um sorrisinho cínico, o homem de camisa colorida, óculos escuros, da passeata. — Desta vez você foi longe demais... e eu te avisando pra não folgar comigo... Pra que gente de fora, se aqui na favela eu não deixo faltar nada pra vocês... um remediozinho pra um, uma graninha pra outro... fora a segurança... não deixo vagabundo nenhum perturbar vocês... Sou tão legal que mandei os meus rapazes levarem seus filhos para a casa da dona Geralda, antes de visitarem o seu barraco... Juro que elas não viram nada... ficariam com trauma... Agora, vai reclamar com seus amigos... Só que você conhece muito bem a minha lei... Vai, vai... — O homem, com um sorriso frio e pequeno, se afasta lentamente.

29. Vou revelar algo pra vocês...

— Doutor, levaram as minhas crianças! — Tia Judite irrompe na sala do delegado.

Contam tudo ao policial, e principalmente sobre o sinal de Delta.

— Ah, esse número... — O delegado parece animado. — Era a pista que me faltava... E vocês tentaram ligar, Paulinho?

— Várias vezes, só que...

— ... alguém atende e fica mudo — o doutor completa.

— Como é que o senhor sabe?

— Sabendo — o policial dá um sorriso sherloqueano.

— Sabendo... e sabem por que a pessoa que atendeu se calou?! Porque vocês não disseram a palavra-chave: Zibadum!

A troca de olhares entre Paulinho e Rafael é imediata:

— É assim que se pede pizza no tio Michel! — E Paulinho se arvora todo. — Então, tá matado: é a Delta pedindo ajuda ao tio Michel!

— As aparências enganam, meu caro Paulinho... Vou revelar algo pra vocês, mas que exige o mais absoluto segredo... — Pede que se aproximem de sua mesa, preparando o clima de confissão, porém, incompreensivelmente, interrompe o ritual, levanta-se, saudando de braços abertos ao homem que entra na sala...

— Meu valente Julinho, que bom te ver! Deixa eu me livrar desta gente, que nós conversamos. — Vira-se agressivamente para tia Judite: — E eu com isso, minha senhora?! A divisão de sequestros fica em outra delegacia — e aos estudantes: — E para vocês, um aviso: acabou a brincadeira de detetive, acabou a brincadeira nas ondas do rádio. Certo está o meu amigo Mister Dream quando diz que vocês são uns filhinhos de papai metidos a bestas! E isso vale pra você também e seu bando de motoqueiros metidos a heróis.

Ninguém consegue soltar uma palavra, diante da súbita mudança do delegado. Zilá não poderia ter escolhido pior hora para aparecer. Antes de abrir a boca, é fuzilada:

— E você, sua favelada agitadora, vá procurar esmolas, donativo, cesta básica no Serviço Social.

— Não vim aqui pedir esmola, seu doutor! Vim em busca de outro tipo de ajuda, mas me enganei porque o senhor, que falou tão bonito na rádio, na verdade se abaixa pros ricos e não respeita os pobres! — Ela envolve os dois filhos num abraço.

— Desacato à autoridade! Está detida! Reage, que enquadro você, também, por resistência à voz de prisão! — E tal qual uma donzela ofendida, o delegado sai da sala, dá meia-volta e, surpreendentemente todo gentil, dirige-se à tia Judite: — A senhora, por gentileza, fique para conversarmos. Preciso saber do comportamento de seus sobrinhos; depois, levo a senhora para casa. — E, retornando à braveza, conclui: — Não deixarei a senhora, tão frágil criatura, com esse bando de arruaceiros. E você, seu motoqueiro vagabundo, vai me dar umas explicações! — Sai de vez da sala.

Não entendem a maluquice do policial. Zilá comenta:

— Não é a primeira vez que isto acontece comigo; sempre que pobre grita por seus direitos, corre esse risco. O doutor vai me dar um chá de banco e me dispensar. — Acarinha os rostos das crianças.

— Esse doutor é louco, é de lua, mas ele está com a razão porque vocês estão fazendo muita onda por causa de um assalto que acontece todos os dias. Eu acompanhei tudo pelo programa do Mister Dream e ouvi a zoeira que fizeram hoje na passeata. Mas sei que o que interessa pra vocês são duas coisas: a prisão dos assaltantes e o resgate das crianças sequestradas... e é para isso que eu, um detetive experiente, arrojado, destemido, me coloco com meus serviços à disposição de vocês... Aqui está o meu cartão.

Diante disso, só resta medir o falastrão dos pés à cabeça: estatura média, forte tipo garoto de academia, gel no cabelo, camiseta de manga curta para ressaltar os músculos, sapato bico fino, relógio, pulseiras e cordão de ouro, dois celulares na cintura, dedos esmaltados, que estendem o cartão:

Julinho Bom de Faro
Consultor policial autônomo
Investigações sigilosas e infalíveis

Avenida do Golpe, 171 – apto 171 –
fone 171-171-171

www.estelio&natarlo-dedoduro.com.br

Volta o delegado:

— Julinho, tenho uma missão pra você, meu valente: leve essa molecada para o Colégio Pitom; acabo de falar com o diretor, que quer ter uma conversinha com eles, que jogaram o nome da escola em manifestação político-arruaceira. Lugar de estudante é na escola, e não na rua fazendo arruaças. Aluno tem de estudar, e não contestar a ordem das coisas! Você aí — chama Rafael —, que é o mais metido, entregue esta carta ao diretor do Pitom. — Enfia o envelope pela gola da camisa de Rafael. — Desapareçam!

30. Plaquinha de Psiu, Silêncio! É pra corredor de hospital!

Paulinho, Rafael, Sérgio, Maíra e Cris se acomodam na caminhonete de Julinho Bom de Faro: ouro metálico, frisos prateados, cabine dupla com vidros fumê, tala larga, antenas enormes, bancos de couro reclináveis, caixas acústicas, rádio transmissor, frigobar e oncinha de pelúcia, cujos olhos se acendem em vermelho ao se pisar no freio.

Julinho arranca, pneus cantando, escapamento aberto.

— Vocês estão mais do que precisados dos meus serviços. Não se preocupem com o preço, faço desconto legal. Há tempo que eu, um cara hipermodermo, atualizadíssimo, jovem, estou querendo disponibilizar meu talento ao alcance da classe estudantil. Vocês, por exemplo, estão agindo errado, com essa coisa política de passeata, ato público. A tática, a estratégia é outra, e eu traçarei para vocês. Um exemplo...

Não ouvem o tagarela, o pensamento deles mistura-se entre o paradeiros dos DDs e a estranhíssima mudança de comportamento do delegado.

Uma brecada bestial os traz de volta. Estão na porta do Pitom. Paulinho despacha Bom de Faro:

— Obrigado, obrigado e obrigado, nobre agente Bom de Faro. Aguarde notícias nossas! Até logo, passe bem, feliz século XXII!

Decolou no estardalhaço dos pneus, buzinas e faróis.

— Não é pro diretor, coisa nenhuma! É pra nós, vejam — mostra o envelope.

Para
Rafael e turma

Sei que vocês não entenderam meu comportamento. Foi por causa do Bom de Faro, depois digo quem ele é de verdade. Não se preocupem com Dona Judite, Zilá e César. Fiquem na biblioteca da escola. Às 19 horas, em ponto, discar 9846724353489, e dizer: Qual é a sua? Zibadum. Zibadum! Esperar notícias que chegarão "quentinhas" à biblioteca.

Confiem em mim. Delegado Lincoln.

A professora Yara, a bibliotecária, exclama ao vê-los:

— Que beleza! Conversem à vontade!

(Na biblioteca do Pitom se pode conversar, porque, segundo a professora Yara: "Se eles não puderem conversar, trocar ideias sobre o que leem nos livros, no mundo e na vida, aqui na biblioteca, vão fazer isso onde? Plaquinha de Psiu, Silêncio! é pra corredor de hospital!)

Às 19 horas em ponto:

— Podemos usar o telefone, professora? É urgente!

— Usem, não abusem e não acostumem.

Do outro lado: Alô, pizzaria Só Pizza...

Rafael: Qual é a sua? Zibadum! Zibadum!

Do outro lado: Confirmado. Aguardem instruções quentinhas.

Perdem-se em tanto suspense e mistério, quando a professora Yara chega fula da vida:

— Que folga, hem gente?! O telefonema urgente era pra pedir pizza?!

— Pizza, professora?!

— Acabaram de entregar em nome de vocês... — Cheiro quentinho de muçarella no ar. — Peguem a pizza e sumam lá para os fundos.

— Não querendo abusar... a senhora não teria pratos, facas e garfos?

— Paulinho, entra na minha cuca e imagina o que estou pensando!

Aberta a pizza, deparam com um minigravador envolto em plástico transparente e que, acionado, vira pizza-delegado:

Não avisei que notícias chegariam quentinhas à biblioteca? Ouçam o que o JB tem a dizer: Turma, esta confusão criada pelo safanta — mistura de safado com anta — do Mister Dream começou pelas ondas do rádio e terminará também pelas ondas do rádio, porém, contudo, todavia, entretanto, com vocês, nós todos, atuando como repórteres de um jornalismo investigativo, cuja única matéria-prima é o fato! Então, muita atenção para o papel de cada um na Operação Rádio Total...

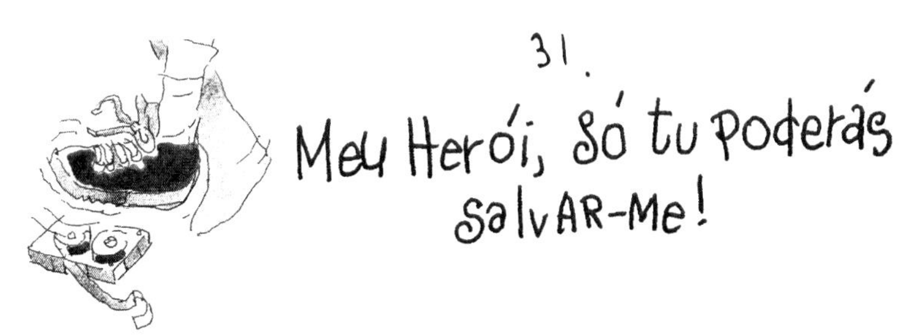

31.
Meu Herói, só tu poderás salvAR-Me!

Cientes dos detalhes da missão de cada um, eles ficam naquela de "não vejo a hora!".

Paulinho, com ares de chefe, pergunta:

— Alguém está com alguma dúvida, por mínima que seja?

Ninguém se manifesta. Paulinho pisoteia a fita e o gravador.

— Nunca assistiram filmes policiais?! Esta gravação pode ser uma arma nas mãos do inimigo. E se formos capturados? Eu, por exemplo, morrerei, mas não entregarei meus companheiros! Juntemos, pois, nossas mãos e corações.

— Um por todos, todos por um! — juraram solenemente.

Escandalosamente, aos gritos de Socorro!!!, Paulinho esmurra a porta daquele apartamento, que é aberta rapidamente por um homem com uma arma. Paulinho joga-se nos braços de Julinho Bom de Faro, exclamando:

— Meu herói, só tu poderás salvar-me! Estou sendo perseguido!

— Por quem? — pergunta Julinho, afastando o garoto da linha dos tiros que ele, o herói, imaginava que espocariam.

— Por quem?! Ora, o detetive é você! Lembra-se de mim?

— Ora, digo eu, minha memória é fotográfica! Você estava no *shopping*.

— Faltou filme na sua máquina, meu! Estava na delegacia.

— Sem dúvida, eu só checava se você era você mesmo.

— Queremos contratar você para descobrir os assaltantes do Ricardo, e também para nos proteger, porque dizem que o Lírio Branco, o CCT e sei lá mais quem vão fazer com os estudantes o mesmo que fizeram com os meninos pelados. Quanto?

— Nada de dinheiro agora; só quando eu entregar os assaltantes à polícia.

— A turma espera por nós na pizzaria do tio Michel. Conhece?

— A As Aparências Enganam? O Michel é um amigão. Um momento, tenho de me preparar para entrar em ação.

Paulinho passeia os olhos pela quitinete: cama de casal, um rádio captando as comunicações entre a Central de Polícia, delegacias e viaturas, outro rádio comum sintonizado na Brézil FM, uma tevê, uma imagem de santo; revólveres, pistolas, algemas; na parede, espadas de samurais, thaco, porretes, cassetetes, fotos de mulheres nuas, carros de corrida, carrões importados, aparelho de musculação.

— Estou pronto! — calça jeans, pistola na cintura, uma faca e um pequeno revólver escondidos no cano da bota, algemas, celulares, pulseiras, cordões de ouro, óculos escuros em plena noite... ("são infravermelhos", explica). Sua vida está em minhas mãos! — Salta no meio do corredor de arma em punho: — Tá limpo, vamos!

Seguem na "discretíssima" cabine-dupla do Julinho, que não percebeu o garoto fazer um sinal de "tudo bem" ao motoqueiro que segue a caminhonete.

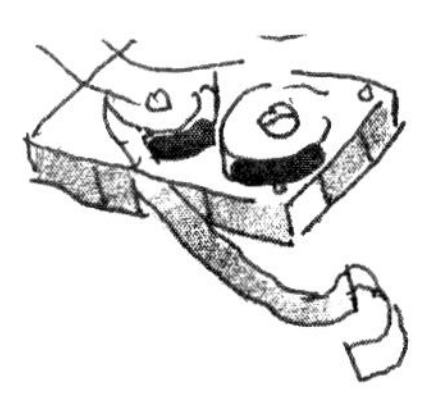

32. Desce! Mão pra cabeça!

— Esses dois tão querendo morrer! Duvido que andem mais 50 metros...

Comentário de um morador ao ver entrando na favela Filhotes da Miséria aquela perua com letras berrantes PIZZAS. SÓ PIZZA. E NADA MAIS. Os candidatos à morte são César, ao volante, e Zilá, alardeando pelo alto-falante da perua:

— Atenção, muita atenção, pessoal, para a sensacional Noite da Pizza! Todo mundo na praça do Orelhão para ganhar um superpedação de pizza, huuumm, que delícia! E venha bem bonita e bonito para aparecer na televisão!

De fato, não andaram 50 metros, barrados por dois rapazes com fuzis.

— Desce! Mão pra cabeça!

— Qualé, Niquinho, ignorando sua amiga aqui?! — diz Zilá, saindo. — E sua mãe, melhorou?

— Tá melhor, o seu Carlão deu o dinheiro pro remédio. Desculpa aí, Zilá, mas é ordem do chefe. O teu chegado tá com arma, celular? — Aponta César, sob a mira da arma do outro rapaz.

— E eu sou louca de entrar aqui com arma e celular?! Revista!

— Tá certo. A ordem é pra você e o cara ir direto pro bar do Padrinho.

— Ninguém, muito menos morador, entra na favela com arma de fogo e celular. É lei do dono chefão — a mulher comenta. — Esse garoto aí é o Niquinho, um dos meninos-soldados do seu Carlão. Só tem tamanho... vi ele nascer... tem uns doze anos... já tá nessa vida... A mãe trabalhava de faxineira... adoeceu faz cinco meses... Seu Carlão paga os remédios, aliás, pra ela e pra quem precisar, e dá caderno e uniforme pras crianças da escola, mas se ele não gostar da professora, ele atormenta tanto a coitada, faz tanto terror, que ela vai embora, pede transferência. Ele diz que não gosta de professora faladeira, dessas que falam de injustiça, cidadania, pobreza, ele fala que miséria por aqui só no nome; ele dá bola, boneca, brinquedos pra crianças, mas dá outras coisas também, cola, maconha, e pros adolescentes ele facilita o pó; primeiro dá de graça, depois, o cara tem de pagar ou em dinheiro, ou em serviço, tipo trabalhando pra ele como menino-soldado, garotas-aviãozinho; ele só não deixa correr crack por aqui, fala que não quer ver a juventude morrendo depressa...

— Que tristeza! Mas essa de proibir celular!

— Ele não quer que a gente tenha contato com o mundo, que conte o que acontece por aqui, a gente virou propriedade dele. Orelhão, só podemos usar até nove da noite; depois, que ninguém se atreva. O orelhão toca sem parar, um menino atende, entra nos fundos do bar, sai com a mercadoria para entrega. Assim vai até o dia amanhecer.

Meninos-soldados armados interceptam a perua. Zilá orienta César.

— Não abre a boca, e desce com as mãos na cabeça.

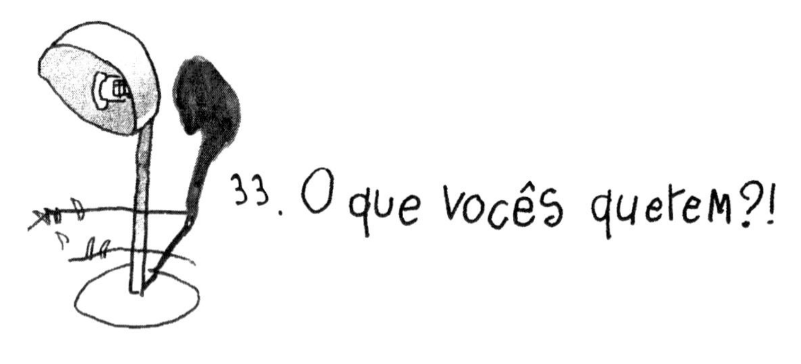

Estão na praça: o orelhão bem no centro de um canteiro sem grama e sem flores, muitos barracos, e uma única construção de tijolos, um sobrado, com um bar na parte térrea, onde está parado o homem de camisa colorida, segurando um rádio-comunicador .. Seu Carlão Padrinho, que vem com tudo pra cima da Zilá:

— Tá querendo morrer, é, sua vadia?!

— Perdão, perdão, padrinho! — A mulher simula medo e submissão. — O dono de uma pizzaria escutou no rádio aquela ideia de invadir a favela com comida, alimento, então...

— O Michel?! — o homem baba.

— Com licença, cavalheiro — César entra na conversa — , eu trabalho para o...

— Michel?

— Não, é que...

— O Michelzinho não me aprontaria uma dessas. Então, quem...

— Quem vai distribuir as pizzas aqui é o meu patrão, o seu Dante Alighieri. O senhor conhece?

— Sei, ele foi craque no Corinthians, mas e daí?! — Carlão se impacienta.

— Ele mesmo! E ele me falou que já ouviu falar muito do senhor, seu Carlão. Ele é uma pessoa de bom coração que nem o senhor, seu Carlão; ajuda todo mundo. Por isso...

O homem nem ouve e fulmina Zilá com a pergunta:

— Me explica uma coisa, mocinha... se esse papo de invadir a favela com comida surgiu hoje de tarde, como é que tudo está acontecendo tão rápido?... — Carlão é todo desconfiança, porém César é ligeiro:

— Pois é, assim que escutou a dona Zilá no rádio, o seu Dante me mandou pra aqui na favela pra conversar com o senhor; ele até disse assim: Embromildo... — César pega nas mãos de seu Carlão, tentando enrolar o assunto ainda mais. — Esqueci de me apresentar, o meu nome é Embromildo Feliciano de Castro e Silva das Neves... Embrô para os amigos, Brobô para as mulheres... Então, o meu patrão falou assim "Embrô, vai na favela, procura o seu Carlão Padrinho, que é o líder da comunidade, e pergunta o que ele acha dessa ideia, mas aconteceu que...

Zilá emenda no mesmo tom de enrolação:

— Aconteceu, seu Carlão, e o senhor veja como são as coisas, aconteceu que assim que o seu Embromildo chegou aqui na favela deu de cara comigo; foi na hora que eu saía com os meus filhos, depois que o senhor me expulsou... quer dizer, seu Embromildo, o seu Carlão não me expulsou, ele achou que era melhor eu... Bom, aí, né...

— Aí, né, seu Carlão, reconheci a dona Zilá porque vi ela na entrevista na televisão depois da passeata dos estudantes, então nós, quer dizer, eu e ela, a gente...

Carlão pergunta à queima-roupa:

— E onde estão seus filhos?

— Na pizzaria desse seu Dante. O senhor precisa ver: comeram oito pedaços de pizza, um atrás do outro, fora os refrigerantes...

O chefão continua "cabrero":

— Vai ter televisão por aqui?!...

— Ao vivo e a cores. E querem entrevistar o senhor.

Carlão silencia e começa a bufar, a babar, a pisar duro pra lá e pra cá, ao ver crianças, mulheres, homens, gente de todas as idades, chegando à praça:

— O que vocês querem?! — berra.

— Pizza, pizza, padrinho — responde uma velha.

— Zilá, distribui logo essa porcaria de pizza, que é pra essa gente desinfetar daqui.

Ao sinal do chefe, os meninos-soldados arrombam a coronhadas, portas e janela do perua: lá dentro, refrigerantes, copos e guardanapos.

— E as pizzas?! — a pergunta do homem parece um soco.

(Tô morto! — César sua frio em seus botões, mas não gagueja) — Os motoqueiros vão trazer assim que eu avisar, já vem em pedaços... a gente serve em guardanapos... ("É agora ou nunca" — respira fundo e...) Posso usar o orelhão pedindo as pizzas?

— Rápido, rápido, preciso desse orelhão livre.

César vai ao orelhão, Zilá fala com os moradores, e Carlão esbraveja no radiocomunicador:

— O quê?! Mais essa agora?! — (Solta um palavrão) Deixa passar! — Já tem repórter chegando pra encher o saco!

34. Ou o tênis não serviu e quer que eu troque?!

Duas senhoras, temerosas do que pode vir, enfrentam a fera irada:

— Seu Carlão, precisamos muito falar com o senhor...

— A senhora outra vez, dona Dedé? Já não chega me atrapalhar de madrugada pra me pedir sapato pro filho procurá emprego? Dei, não dei? Ou o tênis não serviu e quer que eu troque?!

— Não é isso, Padrinho, é que os nossos meninos não chegaram em casa...

— O rádio falou que o Cido e o meu Du Boi foram presos, depois soltos, e presos de novo...

— Que presos, nada, tia Lu! Vi os dois na passeata dos estudantes baguceiros. E pelo jeito estavam gostando.

— Mas a dona Zefa do churrasquinho de gato lá do ponto do ônibus viu agora de noitinha quando uns mascarados com revólver bateram neles e jogaram eles pra dentro de um carro...

— Então, dona Dedé, é porque a polícia acha que eles são assaltantes mesmo... benfeito pra eles! Se trabalhassem pra mim não precisariam assaltar, e as senhoras sabem muito bem que a polícia não mexe com gente minha...

— Seu Carlão, manda a polícia soltar eles...

Carlão cresce na sua pose de todo-poderoso:

— Hoje, minha senhora, não tenho tempo porque depois dessa palhaçada de pizza solidária... — fita Zilá ameaçadoramente — tenho uns acertos mais de morte do que de vida pra fazer... Comam pizza, vão pra casa, durmam bem, que amanhã eu mando a polícia soltar os dois... Espero que eles aprendam a lição de como é um pobre cair nas mãos da polícia sem ter um padrinho... he! he! he! — Afasta-se com ar de chefão mafioso sem charuto, sempre "anjodaguardeado" por meninos-soldados. Zilá conta ao César:

— Pegaram o Cido e o Du Boi, sumiram com eles! Olha eles chegando!

JB e Rafael, de moto, abrindo passagem aos gritos: "Abram alas para os motoqueiros da solidariedade, e bom apetite pra todos!". Atrás, 10, 20 motos com formas e mais formas de pizzas. O servir é imediato. Zilá explica:

— Pode comer quantos pedaços quiser. Todo mundo sentado no chão, com calma... primeiro os velhos, as grávidas e as crianças. Sem pressa. A gente serve a pizza e refri aí no lugar. Todo mundo sentado, quem estiver de pé, não ganha. A dona Dedé e a tia Lu ajudam a servir.

35. Será tudo RÁPIDO, zapt-zupt!

— Quer dizer que hoje, eu, um reles repórter de rádio, terei a honra de entrevistar o benemérito ser humano, seu Carlão Padrinho ?! — Rafael surpreende e assusta seu Carlão com um aperto de mão. — Eu, Rafael Blanco, humilde repórter da Rádio Brézil FM, hoje a serviço do programa do "Mister Dream in Concert". E o senhor, seu Carlão, que já é o padrinho dessa gente sofrida, será daqui a pouco o padrinho da primeira Rádio-Orelhão do Brasil! Parabéns!

?!?!?! — cara do Carlão.

— É o seguinte: transmitiremos do orelhão e o senhor será o anfitrião...

— Sim... sim... — O homem fica pensando "o que é anfitrião?!" — Mas tem de ser rápido, porque daqui a pouco quero o orelhão livre e a praça vazia!

— Não esquenta, seu padrinho. Será tudo rápido, zapt-zupt! — O anfitrião tem gana de acabar com aquilo na base da porrada e, se preciso for, tiros.

Zilá, César e Rafael murmuram entre eles um "por enquanto, tudo bem". JB liga um fio do orelhão à corneta do som da perua. Rafael, transformando o bocal do orelhão em microfone, fala:

— Alô, alô, gente boa, daqui a pouco, das ondas do rádio para vocês, e falando daqui mesmo...

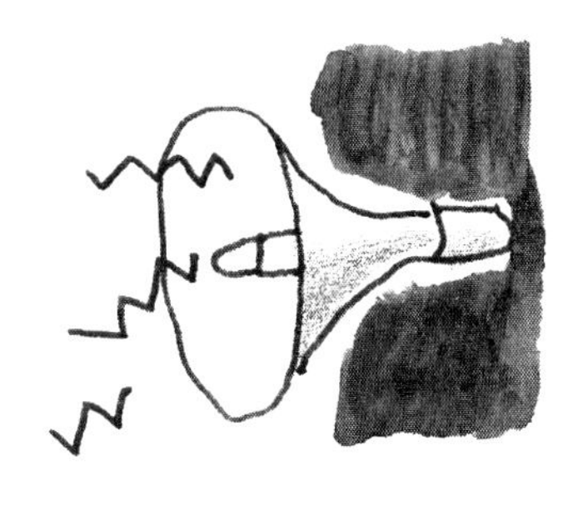

36. É Só, Muito obrigado

Um som "mutcho loco" se espalha pela praça. Abertura do "Mister Dream in Concert":

Alôôôôôôô galera do Brézil! Aqui, Mister Dream falando para mais um "Mister Dream in Concert", o programa que agita e faz a cabeça da moçada. Vou deixar de quás-quás-quás e entrar direto no assunto: os telefones não param com tanta gente querendo dar sua opinião sobre aquilo que aconteceu ontem à noite, e que o país todo já chama de A guerra do tênis. É preciso que vocês liguem porque estou sendo injustiçado, acusado de sensacionalismo, quando o que quero é prisão para os tenistas assaltantes que tomaram conta da nossa cidade. E ouçam um telefonema chegando. Oi, Mister Dream.

— Alô, Mister Dream, é a Cris, namorada do Ricardo...

JB, Rafael, César e Zilá seguram o pulo de alegria: aquela entrada da Cris era o primeiro sinal de que o plano começava a funcionar.

— E aí, Cris, como está o Ricardo?

— Ele continua na UTI, e os médicos nada informam sobre o estado dele. Liguei para agradecer as manifestações de solidariedade das pessoas. É só, muito obrigado.

— Sem dúvida, menina, e contem comigo, Mister Dream, para o que precisarem, e a sociedade pode contar comigo, Mister Dream, para combater a violência desses bandidos tenistas, eu, Mister Dream, o paladino da justiça, e fiquem sabendo que eu...

Cris tinha vontade de mandar o tal paladino às favas, mas controlou-se porque cabia a ela, naquele momento, acionar mais uma etapa do plano "Operação Rádio Total", e foi o que fez:

— Tá certo, Mister Dream. Então, gostaríamos que você abrisse o espaço para algo muito bonito e importante que está acontecendo na cidade...

— O que acontece assim de tão importante, menina?

— Quem vai dar as informações é o nosso colega Rafael Blanco...

— Rafael, aquele garoto metido a repórter?! Não vai dar, não. Estou muito aborrecido com os estudantes, que não entenderam tudo o que fiz e faço pelo bem da juventude. Gente mal-agradecida, falaram mal de mim na passeata! Desculpem, ouvintes, estou tão alterado, que peço licença para colocar uma música no ar, enquanto eu me acalmo.

Risco de fracasso à vista! Se Mister Dream não abrir as ondas do rádio, o plano irá por água abaixo. Mas JB parece ver o que se passa no estúdio.

— Este programa é meu, e quem manda sou eu! E os agitadores do Pitom não falarão mais no meu programa! — troveja Mister Dream.

Alguém mostra uma ordem afixada no vidro do estúdio:

"Espaço livre para os estudantes, Mister Dream. A Direção."

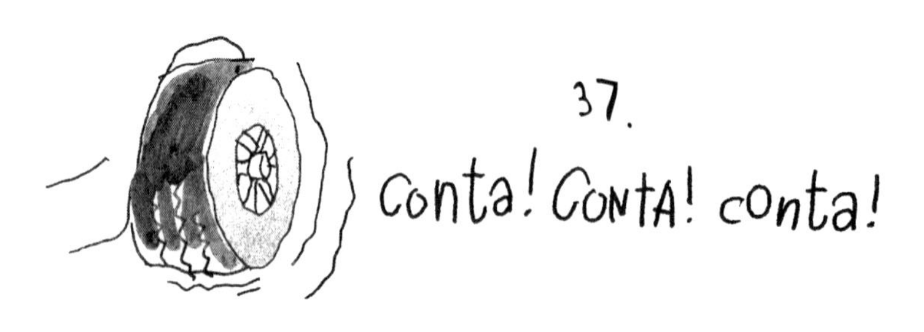

Tantas garotas a sua espera no estacionamento da pizzaria fazem Julinho exagerar nas manobras com a caminhonete. Maíra comanda a recepção:

— Meninas, é ele! Julinho Bom de Faro, o demais de demais! Três vivas!

— Viva! Viva! Viva!

As meninas cercam o galã, "suplicando" por autógrafos.

— Calma, gatinhas. Tem Julinho para todas! — O bonitão deixa-se levar para o saguão da pizzaria.

— Por que tanta festa para o Julinho? — Sereno indaga.

— Ele é nosso detetive. Aquele delegado não está com nada!

— Ué, mas não era tão amigo de vocês?

— Era! Não botamos mais fé nele, que só quer aparecer se passando por amigo dos estudantes, mas na verdade... — Paulinho abaixo o tom de voz, com jeito de quem confidencia um segredo... — Ele é amigo é dos bandidos... recebe grana pra aliviar as investigações... é financiado por uma máfia...

Maíra completa o clima de revelações:

— Você já soube, Sereno, que o Dudu e a Delta foram "sumidos"?

— Não. Tio Michel estava muito preocupado com eles, inclusive ia...

Conversa abafada pelo coro das meninas que rodeiam Julinho:

— Conta! Conta! Conta!

— Não, gatinhas. Agora, não. Outra hora.

— Contar o quê? — Paulinho se interessa.

— Quando ele, sozinho, acabou com uma quadrilha internacional de traficantes de caspa de bebês, não foi, Julinho?

— Exatamente. Tive até de me disfarçar de mulher grávida.

— Conta! Conta! Conta!

Bom de Faro capricha na pose, porém tio Michel avisa:

— Ouçam minha entrevista na rádio.

38. O senhor é um mensageiro da paz

— Alô, galera, na ponta da linha e nas ondas do rádio, um homem bom e sábio, o amigo número 1 dos alunos do Pitom. Boa noite, tio Michel.

— Boa noite, Mister Dream. Quero dizer que gosto muito do seu programa e que acho você um exemplo para a nossa juventude. Sou um velho muito vivido, sofrido pela vida e magoado com essa violência toda da guerra dos tenistas. Estou sofrendo com o que aconteceu ao estudante Ricardo, rezando por ele... O momento agora é de serenidade, de paz, entendimento. Fiquei sensibilizado com a ideia de invadir a favela com solidariedade. Só que não vou até lá. Vou abrir as portas da minha pizzaria para as crianças da favela: elas virão pra cá, serão servidas em tudo aquilo que pedirem: pizzas, massas, sorvetes, tudo, tudo.

— Que belo gesto de solidariedade, meu tio! E quando será?

— Desculpe a emoção, Mister Dream, nem consigo falar...

— Sem dúvida, tio Michel, o senhor é um mensageiro da paz.

— Mas minhas lágrimas são também de tristeza e preocupação pelo desaparecimento de dois queridos amiguinhos, os irmãos Dudu e Delta, alunos do Pitom, que desapareceram misteriosamente... Receio que eles sejam confundidos com os terríveis tenistas assaltantes, por isso, através do seu programa, Mister Dream, faço um apelo ao seu Lírio Branco, que fala em nome do CCT: não façam mal aos meus amiguinhos, duas crianças infelizes...

— Também sinto lágrimas me embaçando a vista, tio Michel. Eu, Mister Dream, tenho um coração de manteiga. Então, para que a gente se enterneça ainda mais, ouçamos a bonita canção...

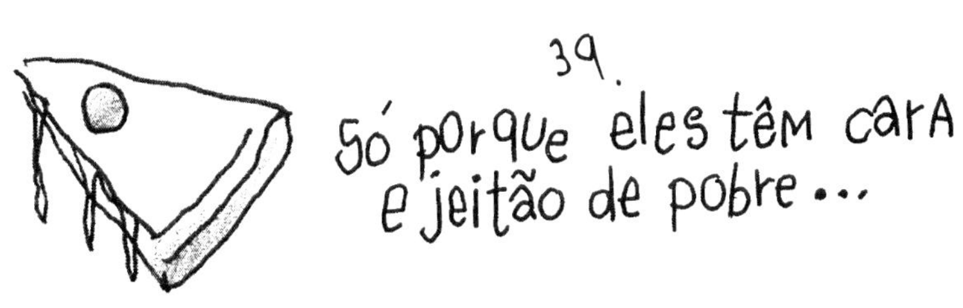

39.
Só porque eles têm cara
e jeitão de pobre...

Uma chamada interrompe o embalo daqueles dois sensíveis corações:

— Alô, alô, rádio Favela chamando a rádio Brézil FM. Repórter Rafael Blanco...

— Deixa de brincadeira, moleque, que mané rádio Favela!

— Verdade. Estou transmitindo da favela Filhotes da Miséria, do orelhão comunitário.

— E o que eu e o meu programa temos com isso?!

— Tudo... centenas de pessoas vão acompanhar daqui os próximos lances da tal guerra do tênis nas ondas do rádio, que você inventou...

— Eu não inventei nada; apenas informei o que aconteceu. E, com licença, que tenho de trabalhar, não estou para brincadeira. Fiquem vocês aí, brincando de bandido e de mocinho..

— Aí que você se engana, Mister Dream. Não estamos brincando, e sim dispostos a impedir novas vítimas dessa absurda guerra do tênis; nossos colegas Dudu e Delta sumiram; dois rapazes aqui da favela também desapareceram...

— Volto a repetir, seu Rafael: o que eu e meu programa temos com isso?

Rafael se surpreende com seu Carlão querendo falar também.

— Mister Dream, um morador da favela quer entrar nesta nossa conversa.

— Ô, seu Mister Drime... sei lá o seu nome, o meu não interessa, sou um cidadão. Aqui na favela não é lugar pra se procurar bandido. A gente é trabalhadora. E mais: o Du Boi e o Cido são rapazes bons, queridos.

— O meu espírito de repórter me faz perguntar ao senhor: o que pode ter acontecido com esses rapazes?

— Não sei...

— Pois eu sei! — É Zilá, depois de tomar o microfone de seu Carlão. — Esse tal de CCT confundiu eles com assaltantes, só porque eles têm cara e jeitão de pobre...

— O senhor concorda com isso, seu... seu cidadão?

— Concordo. Esses malucos desse tal de CCT são uns folgados! Acho que eles estão com o Cido e Joãozinho lá na praça da Fraternidade, fazendo com eles o mesmo que fizeram com os moleques. Por isso eu acho que nós, tudo que é morador aqui da favela, a gente deve ir agorinha mesmo pra praça da Fraternidade. Tenho certeza que eles estão lá. Vamos salvar os coitados! Vamos lá, gente!

Rafael, Zilá, JB e César percebem no ato que o convite é uma jogada de Carlão para tirar aquela gente da praça do Orelhão. Rafa age rápido procurando ganhar tempo:

— Vamos, sim, mas só depois de todo mundo comer uns dois ou três pedaços de pizza com refri! Uma salva de palmas para as pizzas. Mister Dream, segue aí do estúdio porque aqui, na favela, estamos de boca cheia com estas deliciosas pizzas. É feio falar de boca cheia. Está servido?!...

— Muito obrigado, mas tenho de trabalhar, estar atento para informar coisas sérias pelas ondas do rádio. Volto já, já, depois dos comerciais.

Mais intrusos chegando aos domínios de Carlão Padrinho: Julinho Bom de Faro com sua bandeirosa caminhonete lotadinha de garotas, mais escolta dos motoqueiros do Rubicão. Saltam no maior auê. Paulinho abraça Rafael e JB:

— Genial o que vocês estão fazendo nas ondas do rádio!

Rafael não perde tempo:

— Seu Julinho, pode me dar um minuto?

— Quer me entrevistar, garoto?

— Eu não, a Maíra.

— Ótimo, eu me saio melhor ao ser entrevistado por mulheres. Estou pronto, gatinha. Usem, abusem de mim, e se deliciem comigo.

É a vez de Maíra fazer charme.

— Só que prefiro, e não só eu, as meninas também, que a entrevista seja feita no seu apartamento.

— Só se for pra já!

— Lá faremos um dupla entrevista: uma para a rádio, por telefone, e outra para o jornal do Pitom, com fotografias mostrando a intimidade de nosso grande herói, você, Bom de Faro.

O conquistador, todo pimpão, e as garotas partem. Sérgio e motoqueiros seguem a distância. Paulinho assume a transmissão da favela porque, de acordo com os planos da Operação Rádio Total, Rafael tem outra missão...

— Vai me dar tremedeira na hora de entrar no ar, Rafa.

— Fica frio. Seja natural, pois cara de pau você já é. Que tal um teste? Diga: "Alô, alô, Mister Dream, rádio Favela chamando!".

41. Encolher a dedão da pé e ficar...

— *Alô, alô, Mister Dream, rádio Favela chamando!*

— *Um momento, seu Rafael, que eu, Mister Dream....*

— *Nada disso, não é Rafael, é o Paulinho, e...*

— *Seja lá quem for, aguarde um pouco, porque eu, Mister Dream, estou com alguém na ponta da linha, com um recado muito importante. Pode falar!*

— Vou ser rápido, ouvintes do Mister Dream. Falo em nome do chefão do CCT, com recado para esse reporterzinho, o Rafael, para essa maloqueira da Zilá, para os panacas do... da Rubicão: se cuidem, o CCT está de olhos em vocês! Pode ser amanhã ou... esta noite. Até logo!

— O cara é bravo, nossa! Bom, galera, eu, Mister Dream, quero deixar claro que não tenho nada a ver com isso. E, para maneirar um pouco a situação, vamos curtir o som de...

— Alô, alô, Mister Dream, rádio Favela chamando!

— Agora é hora de uma música, Rafael!

— Não é nada disso, meu. Aqui é o Paulinho, e sem essa de música, porque trago um furo de reportagem. Escuta só, Mister Dream.

Uma estranha voz anuncia pelas ondas do rádio:

— Eu saber onde está as meninos raptados! Sou a professor Kris Talino, uma vidente internacional. Vou ajudarr a encontrarr essas garotos. Eu e minha colega madame Zorraide, do bola de cristal. Vimos umas coisas parrecidas com os caras das pessoas desaparrecidas, quatro meninos e um menina.

— Nada disso, professor. São três rapazes e uma menina.

— Meu bola de cristal não falha: quatro meninos e um menina.

— Mais gente?! E onde estão?

— Ainda não pode dizer. Prrecisa de tempo. Madame Zorraide está consultando os cartas de barralho.

— E o que elas revelam, madame?

— Coisa horrível, senhora Dream. O símbolo da morte!

— Os quatro morreram, foram mortos?

— Ainda não, mas correm perigo de as-sas-si-na-to! Uma momento! O meu bola de cristal vai mostrar o lugar onde eles estão...

— Onde, professor?!

— Está tudo embaçada. Precisa de ajuda de todo mundo, um corrente positiva. Pede parra suas ouvintes fechar as olhos, tirrar as sapatos, encolher a dedão da pé e ficar...

— Vamos lá, galera! — o "seríssimo" Mister Dream entra no clima. — Todo mundo entrando na corrente do professor. Let's go my friends! *No meu comando, porque eu, Mister Dream, também sou chegadinho nessa onda de ocultismo. Um, dois, três, vai fundo, professor Kris Talino!*

— Muito obrigada, mocinha. Atenção, galerra! Fechar as olhos, tirrar a sapato, encolher a dedão da pé. Olhar fixamente para a dedão. Vamos contar mentalmente até 7 vezes 7. É uma, duas, três, quatro...

— quarenta oito, quarenta e nove. E daí, professor?

— Aqui é o Paulinho. Um momento, Mister Dream, que o professor e a madame estão mergulhados em con-

centração. Enquanto isto, vou descrevê-los aos ouvintes: ele parece um mago, com uma longa capa azul, enfeitada com luas, estrelas e outros símbolos do zodíaco, turbante, barba branca comprida, toda prateada. É velho, lembra o mago Merlin. A madame veste saia rodada, colorida, blusa vermelha, um véu negro, pulseiras e braceletes de ouro com pedras preciosas. Estão acompanhados por sete homenzarrões, com roupas pretas, que parecem lutadores ninja. Armaram uma barraca de lona, bem em frente ao bar do seu Carlão Padrinho, com uma tabuleta: "Base de Contato Acima do Mal e ao Lado do Bem". Epa, o professor saiu de concentração e quer falar.

— "Equixatamente", minha cara repórter Paulinha, eu precisar muito das ondas da rádio.

— Tudo bem, professor, mas nada disso! Meu nome é Paulinho, e não Paulinha, e já que sou um repórter quero saber algo sobre o senhor e a madame, de onde vieram, o que fazem, e tudo mais...

— Agorra não ter tempo parra essa papo furrada, Paulinha. Tenho de trabalhar depressa parra salvar os vidas das cinco jovens.

— O senhor já descobriu onde eles estão?

— Com certeza. O meu bola de cristal não falha. Mas dá uma tempo porque ainda falta uns coisinhas. Eu precisar que venha muita gente aqui para o frente da bar da Carlão Madrinha, parra ficarem de mãos dadas, fazendo uma corrente positiva de pensamento, de vibração.

— Mas já tem muita gente aqui.

— Precisa de mais, muita mais. Dá uma licença. Eu, professor Kris Talino, convoca toda a galerra de ouvintes parra virrem pra cá no favela trazendo uma lanterna ou uma vela acesa. Eu esperra meia horra, aí eu conta o que vai acontecer. Agorra, eu fica de bico calada em concentração com madame Zorraide.

— Aí está, Mister Dream, o pedido do professor: todo mundo vindo aqui para a favela, mais precisamente no bar do seu Carlão Padrinho, com lanterna ou vela. Confesso que eu, Paulinho Nada Disso, nem desconfio para que tudo isso, mas acho que agora vale tudo, não é, Mister Dream?

— Claro, claro. Então, galera, gatinhas e gatões, estão curtindo? O que estão achando desta piração que eu, Mister Dream, preparei para o programa de hoje? Sei que, graças à insuperável audiência do meu programa, metade da cidade irá à favela. Eu também gostaria de ir, porém não posso nem devo porque sou a voz que comanda este insólito espetáculo, primeiro, primeiríssimo e originalíssimo nas ondas do rádio do mundo! Só eu mesmo! Tá na minha escuta, repórter Paulinha?

— Evidente, senhorita Dream, e encantadíssimo com a sua modéstia. Fala logo o que você quer!

— Quero dizer que é hora dos comerciais, e que depois, com minha sensibilidade, coloco uma musiquinha bem maneira e apropriada para o clima de concentração...

42. Parece uma procissão!

Mister Dream interrompe bruscamente a música e fala seco:

— Ordens da direção para eu chamar um giro de repórteres: Rafael Blanco, de onde você fala?

— Da pizzaria As Aparências Enganam, daqui a pouco entrevistando o amigo número um dos estudantes, tio Michel.

— E você, Paulinho, alguma novidade aí da favela?

— Sim. Gente e mais gente continua chegando com lanternas e velas, parece uma procissão!

— E você, Maíra, de onde fala?

— Do apartamento do detetive Julinho Bom de Faro, que afirma já ter pistas sobre o paradeiro dos jovens desaparecidos.

— E você, Sérgio?

— Falo da lanchonete Mein Kampf, ponto de encontro de jovens neonazistas, e entrevistarei o líder deles, o Adolfinho.

Mister Dream fica com a pulga atrás da orelha ao ver que JB assumiu o comando da mesa de transmissão do estúdio.

43. COMO ASSIM?

— Alô, alô, Mister Dream, Rafael Blanco direto da pizzaria As Aparências Enganam, entrevistando tio Michel, o amigo número 1 dos estudantes...

— Boa noite, ouvintes da Brézil FM, é uma honra e uma alegria falar com você, Mister Dream, exemplo para esta juventude que...

A uma piscadela de Rafael, Jonas Xuxa, o técnico de som que o acompanha na pizzaria, provoca um ruído no som da entrevista.

— Alô, Rafael, o que houve com o som, problema técnico por aí?

— Exatamente, mas o competentíssimo Jonas Xuxa já detectou. Sairemos do ar por alguns instantes e voltaremos a chamar daqui a pouco.

— Temos de mudar de ponto. — Jonas desliga o equipamento.

— Sei de um lugar ideal. Vem comigo, Jonas, traga a aparelhagem!

Rafa disparou para o escritório, seguido por Michel e Sereno. Num segundo, acoplaram o equipamento de transmissão ao telefone vermelho.

— E você, Maíra, tudo pronto com o super Julinho Bom de Faro?

— Daqui a pouco, Mister Dream, porque ele está no jardim pousando para fotos. Tão logo retorne, chamarei.

Mister Dream ironiza:

— Muito eficiente o tal giro de repórteres: ninguém está pronto. Um show de eficiência e de profissionalismo... Já que obrigaram um cara como eu, tão cheio de criatividade e de talento radiofônico, a ficar trabalhando com pseudorrepórteres, a partir de agora, farei um rádio à moda antiga, um rádio vitrolão, sem noticiário e entrevistas, apenas e tão somente anunciando e desanunciando música, na base do "vamos ouvir" e "acabamos de ouvir". Então, vamos ouvir.

— Mas eu, Cris, estou pronto para espalhar pelas ondas do rádio a notícia de que o Ricardo viverá! Ele não corre mais risco de morte!

Emoção de alegria humana nas ondas do rádio.

— Alô, Mister Dream, Sérgio chamando da lanchonete Mein Kampf, ponto de encontro de jovens que se declaram neonazistas. Converso com Adolfinho, o líder.

— Aloha, Mister Dream, sou o maior fã do seu programa. Você tem umas ideias chocantes e muito parecidas com as nossas. Quero mandar um abraço ao Bom de Faro, nosso amigão.

— Mas Adolfinho, fale aos ouvintes da Brézil FM sobre a sua turma. Qual é a de vocês?

— A nossa é a seguinte: somos uma raça superior e não temos tempo a perder com essa coisa de diálogo democrático, diferenças culturais, respeito humano aos menos favorecidos. Nada disso, quem está por cima, no poder, o mais forte é quem manda; tem mais é que detonar os fracos, os pés de chinelo, os zé-manés, pobres e miseráveis... Estamos até comprando um horário na televisão para pregar a nossa ideologia e o nosso poder. E o poder é pai e filho da violência. Nosso exército não para de se exercitar. Quer um exemplo? Apoiamos as torcidas uniformizadas de futebol; que beleza, cada qual com seu uniforme de guerra, quer dizer a camisa do time, e vamos pra porrada porque adversário é inimigo. Porrada! Porrada!

— E o que acham da guerra do tênis?

— É interessante, mas ainda está muito fraca...

— Como assim?

— É que a violência ainda não explodiu como deve, brother. Tem é que aloprar, estourar essa gentinha. Tem de acabar com essa raça de trombadinhas, de mendigos, tem que arregaçar todos eles! — Adolfinho engasga em sua histeria.

— Calma, calma, Adolfo. — Sérgio aproveita e pergunta: — E esse nome Mein Kampf? O que quer dizer?

— Minha Luta, *obra-prima do grande Hitler, em seu sonho de purificação da raça humana. Para nós, é um livro muito mais sábio do que a Bíblia!*

— Peço licença para interromper porque recebo chamados insistentes de um certo Paulinho que, se não for atendido, é bem capaz de falar bobagem nas ondas do rádio...

— Depois, fora do ar, eu digo pra você, Mister Dream, quem é que fala bobagem... Mas vamos ao que interessa. Cortaram a energia elétrica da favela, que estaria na mais completa escuridão não fossem as velas e lanternas que o professor Kris Talino pediu para as pessoas trazerem. O homem é poderoso mesmo; como adivinhou que faltaria luz?! Um momento! O professor pede que todos apaguem e acendam suas luzes e o que vejo é um pisca-pisca muito bonito. E mais um momento: o professor ordena que todos apaguem as luzes e que só voltem a acendê-las quando ele fizer um sinal. E assim que isso acontecer, eu chamarei, ó, Mister Dream!

— Alô, Mister Dream, Rafael Blanco falando da pizzaria.

— Até que enfim, hem, seu Rafael. Tudo pronto para a entrevista com o grande e queridíssimo Michel?

— Ainda não, quase... só testando. Repito: só testando. Até já! — desligou.

— Me entrevista logo, garoto! — o velho apela.

Rafa limita-se a um sorriso tipo "agora é que você vai ver, velho safado!".

O telefone vermelho toca. Tio Michel atende: "Zibadum!... Qual é a sua?... uma pizza reforçada... rua das Canaletas, 345. Perfeito. Já vou mandar entregar."

Rafa e Jonas sorriem...

44. Não estou entendendo...

— Alô, alô, rádio Brézil FM, aqui a repórter Maíra informando que não haverá a anunciada entrevista com o detetive Julinho Bom de Faro.

— Por que não, menina?! Deu tremedeira em você?

— Deu sim, deu tremedeira de alegria, porque Julinho Bom de Faro acaba de ser detido pela polícia e terá de esclarecer algumas coisinhas. Aconteceu que, enquanto ele pousava para fotos no jardim, a Kátia, a Patrícia, a Tatiana e eu vasculhamos o apartamento dele e sabem, ouvintes, o que encontramos? Nada mais, nada menos do que uma nota fiscal de um supermercado referente à compra de quinze pares de tênis, comprados na madrugada de ontem, e...

— Não estou entendendo... e daí?

— Praça da Fraternidade: doze crianças espancadas, nuas e com tênis no pescoço...

— Sei...

— Assim que foi desmascarado, Julinho tentou sacar de uma pistola, foi dominado por motoqueiros da Rubicão e algemado com suas próprias algemas.

— Eu protesto! Isto é invasão de domicílio! — ouve-se Julinho.

— Teve mandado judicial de busca e apreensão. Encontraram, também, pincéis atômicos e cartolinas com rascunhos de CCT, e uma gravação em fita cassete onde ele, Julinho, disfarçando a voz em seu programa, Mister Dream, se apresenta como Lírio Branco.

— Alô, alô, repórter Sérgio chamando urgente, urgentíssimo da lanchonete Mein Kampf para dizer que, assim que ouviu as revelações sobre Julinho, CCT, Lírio Branco, Adolfinho subiu no balcão e berrou: "Sujou!

Pinotes! Morte ao traidores!". E os valentões fugiram que nem boi ladrão, esquecendo um panfleto, que distribuiriam pelas ruas, com os dizeres:

Operação PNP - Porrada no Pitom
Os alunos do Pitom estão muito
Metidos com esse papo de defesa
Dos fracos e oprimidos. Só os fortes
Têm direito à sobrevivência.
Liberdade, Igualdade,
Fraternidade são mentiras da História.
Morte aos fracos, pobres e miseráveis.
Damos 24 horas para os alunos do
Pitom retornarem às aulas, senão
Acionaremos a Operação PNP!
Os Superiores e CCT

45. Só que as aparências enganam

— Falando o repórter Rafael Blanco, com urgência urgentíssima, aqui da pizzaria As Aparências Enganam, onde tio Michel, conhecido como o amigo número 1 da juventude, com lágrimas nos olhos, quer dizer umas palavras sobre tudo isso que está acontecendo.

— Ótimo, as palavras sábias e serenas de uma pessoa como o tio Michel são muito bem-vindas nesta hora, e eu, Mister Dream, também falarei depois...

— Antes, me diga, Mister Dream, se o JB está aí ao seu lado no estúdio...

— Sim, Rafael, aliás não entendo o que ele está fazendo aqui...

— Mas eu entendo. Positivo, JB, solte a bomba!

E as ondas do rádio espalham:

"Alô! Zibadum! Qual é a sua?... uma pizza reforçada... rua das Canaletas, 345. Perfeito. Já vou mandar entregar."

— E atenção! Tio Michel e Sereno acabam de receber voz de prisão...

— O que você está falando, garoto?!

— Elementar, meu caro Dream. Vamos por partes. Você reconhece a voz de tio Michel na gravação, atendendo a um inocente e rotineiro pedido de pizza?!

— Sim...

— Só que as aparências enganam, porque debaixo do recheio da inocente pizza há maconha e cocaína.

— Alô, alô, repórter Paulinho chamando! Use e abuse de sua imaginação para enxergar o que este vivente vos narra: aqui na favela, a um sinal do professor Kris Talino, lanternas e velas se acenderam e madame Zoraide tira as armas de um por um dos meninos-soldados, dando a maior bronca:

— Daqui isso. Criança não é pra brincar com arma. — Madame Zoraide... na verdade tia Judite, puxa as orelhas dos meninos.

Ao sinal do professor Kris Talino, os fachos de luzes apontam o bar do seu Carlão Padrinho. O professor Kris Talino grita:

— Carlão você está cercado! Se entregue. O Michel e o Sereno já estão presos! Saia!

Isso! Muita imaginação nas ondas do rádio na narração do Paulinho.

— O delegado Lincoln Kris Talino conjugou o verbo na pessoa errada; não é Saia! É... "Saiam! Podem sair!!" E quem está saindo?! Amordaçados, presos uns aos outros pelos pés e pescoços por uma corda... fila de escravos?... Dudu, Delta, Du Boi, Cido, Maurão Xarope.

— Agora, sim, o verbo sair está na pessoa certa: Carlão Padrinho...

... sem as amarras, porém, no abraço da tia Judite, Dudu e Delta são entregues ao Juizado de Menores.

....

....

....

Interrompemos nossa programação normal para informar que...

Os alunos do Pitom criaram o "Estamos de Olho..." para informações e providências sobre:

- *tratamento ao Dudu, Delta, e a todos os menores infratores sob a responsabilidade educativa, e não "espancativa-punitiva-marginalizativa" das Febems da vida;*

- *andamento, e não engavetamento, dos inquéritos e processos contra tio Michel, Sereno, Carlão Padrinho e Julinho Bom de Faro;*
- *um bate-papo permanente sobre drogas; e*
- *boicote aos produtos dos patrocinadores de programas de "baixaria" no rádio e na tevê.*

www.estamosdeolhoparanaoacabarempizza.com.br

Gosto de escrever para crianças e adolescentes, e adoro bater papo ao vivo, a cores, e sem ensaio, com os leitores. Curioso é que lá pelas tantas, quando falo da minha longa vivência de repórter (desde 1968, o AI-5 foi barra, as prisões, os mortos e desaparecidos, jamais esquecerei, e nem posso), os adolescentes se entusiasmam tipo assim: "Pôxa, o cara conhece gente famosa, é poderoso!" — quer dizer, aquela imagem de que jornalista é amigo do poder.

Acho graça e, parafraseando o Mario Quintana, digo que "jornalista não é produto do meio e nem vaquinha de presépio, pau-mandado dos poderosos"; aí, então, digo, incluo e arremato para discussão que "jornalista, professor, escritor e adolescente não são produtos do meio, nós somos produtos contra o meio, e reformadores do meio".

Falando em meios de comunicação, certos setores, em vez de informar, usam o ouvinte-telespectador apenas e tão somente como consumidor passivo, retardado e compulsivo; outros transformam nulidades em ídolos, enquanto o adolescente precisa, com urgência, resgatar os "heróis" em carne, osso, suor e $ufoco do dia a dia: pais, padrastos, professores, pessoas que convivem-sobrevivem com a gente.

Bem, lembrei que estou aqui nestas maltraçadas linhas para escrever e não para conversar. Conversar a gente conversa outra hora, pessoalmente, por carta ou internet. Então, quero escrever o seguinte: não inventei a história de *A guerra do tênis nas ondas do rádio*; eu reportei e juntei fatos reais que presenciei como repórter ao longo dos anos. Aí, então, alguém pode dizer: "E não mudou nada a praga da droga, enquanto droga mesmo, e droga enquanto 'baixaria', mentira, violência, proselitismo, doutrinação através da mídia?". Respondo: mudou e está mudando para melhor, porque, afinal de contas, você, adolescente, você, professor e professora, e eu estamos ligados nas ondas da consciência e da sensibilidade humanas.

E nas ondas das páginas do livro. Literatura é a gente se ler e depois sair por aí proseando, trocando ideias, melhorando a vida. E já que estamos proseando, aqui pela Editora Moderna publicamos, entre outros títulos: *Das Dores & Já Passou*; *Aí, Né... e E Depois*; *O segredo da amizade*; *Quando meu pai perdeu o emprego*; *Eu, pescador de mim* e *Os bigodes do palhaço*.

Fui.

Wagner Costa